U1005192

花间补读未完书

肖复兴散文精选

肖复兴／著

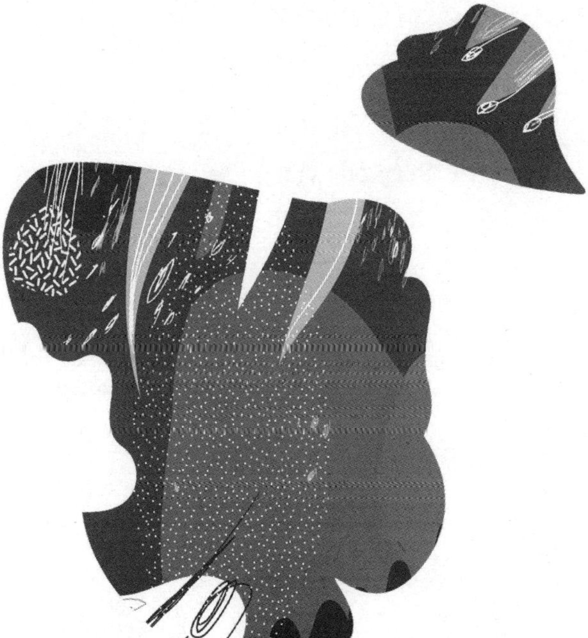

新世界出版社
NEW WORLD PRESS

图书在版编目（CIP）数据

花间补读未完书 / 肖复兴著. — 北京 ：新世界出版社，2017.1
（肖复兴散文精选）
ISBN 978-7-5104-6024-1

Ⅰ. ①花… Ⅱ. ①肖… Ⅲ. ①散文集－中国－当代 Ⅳ. ① I267

中国版本图书馆 CIP 数据核字（2016）第 255918 号

花间补读未完书

作　　者：肖复兴
策划编辑：张　娟
责任编辑：秦彦杰　杜　力　张晓翠
责任校对：宣　慧
责任印制：李一鸣　黄厚清
出版发行：新世界出版社
社　　址：北京西城区百万庄大街 24 号（100037）
发 行 部：（010）6899 5968　（010）6899 8705（传真）
总 编 室：（010）6899 5424　（010）6832 6679（传真）
http://www.nwp.cn
http://www.nwp.com.cn
版权部：+8610 6899 6306
版权部电子信箱：nwpcd@sina.com
印　　刷：北京市兆成印刷有限责任公司
经　　销：新华书店
开　　本：787mm×1092mm　1/16
字　　数：190 千字　印张：14
版　　次：2017 年 1 月第 1 版　2017 年 1 月第 1 次印刷
书　　号：ISBN 978-7-5104-6024-1
定　　价：29.80 元

版权所有，侵权必究
凡购买本社图书，如有缺页、倒页、脱页等印装错误，可随时退换。
客服电话：（010）6899 8638

目 录

contents

第一辑　那片绿绿的爬山虎

第二辑　花间补读未完书

第三辑　花飞蝶舞梁谷音

第四辑　勃拉姆斯笔记

第一辑　那片绿绿的爬山虎

那片绿绿的爬山虎

1963年，我上初三，写了一篇作文叫《一张画像》，是写教我平面几何的一位老师。他教课很有趣，为人也很有趣，致使这篇作文写得也自以为很有趣。经我的语文老师推荐，这篇作文竟在北京市少年儿童征文比赛中获奖。当然，我挺高兴。一天，语文老师拿来厚厚一个大本子对我说："你的作文要印成书了，你知道是谁替你修改的吗？"我睁大眼睛，有些莫名其妙。"是叶圣陶先生！"老师将那大本子递给我，又说，"你看看叶先生修改得多么仔细，你可以从中学到不少东西！"

我打开本子一看，里面有这次征文比赛获奖的20篇作文。我翻到我的那篇作文，一下子愣住了：首先映入眼帘的是红色的修改符号和改动后增添的小字，密密麻麻，几页纸上到处是红色的圈、勾或直线、曲线。那篇作文简直像是动过大手术鲜血淋漓又绑上绷带的人一样。回到家，我仔细看了几遍叶老先生对我作文的修改。题目《一张画像》改成《一幅画像》，我立刻感到用字的准确性。类似这样的地方修改得很多，长句子断成短句的地方也不少。有一处，我记得十分清楚："怎么你把包几何课本的书皮去掉了呢？"叶老先生改成："怎么你把几何课本的包书纸去掉了呢？"删掉原句中"包"这个动词，使句子干净了，也规范了。而"书皮"改成了"包书纸"更确切，因为书皮可以认为是书的封面。我真的从中受益匪浅，隔岸观火和身临其境毕竟不一样。这不仅使我看到自己作文的种种毛病，也使我认识到文学事业的艰巨：不下大力气，不一丝不苟，是难成大气候的。我虽然未见叶老先生的面，却从他的批改中感受到他的认真、平和以及温暖，如春风拂面。

叶老先生在我的作文后面写了一则简短的评语：“这一篇作文写的全是具体事实，从具体事实中透露出对王老师的敬爱。肖复兴同学如果没有在这几件有关画画的事儿上深受感动，就不能写得这样亲切自然。”这则短短的评语，树立起我写作的信心。那时我才 15 岁，一个毛头小孩，居然能得到一位蜚声国内外文坛的大文学家的指点和鼓励，内心的激动可想而知，涨涌起的信心和幻想，像飞出笼的一只鸟儿抖着翅膀。那是只有那种年龄的孩子才会拥有的心思。

这一年暑假，语文老师找到我，说：“叶圣陶先生要请你到他家做客！”

我感到意外。像叶圣陶先生这样的大作家，居然要见见一个初中学生，我自然当成人生中的一件大事。

那天，天气很好。下午，我来到东四北大街一条并不宽敞却很安静的胡同。叶老先生的孙女叶小沫在门口迎接了我。院子是典型的四合院，敞亮而典雅，刚进里院，一墙绿葱葱的爬山虎扑入眼帘，使得夏日的燥热一下子减少了许多，阳光都变成绿色的，像温柔的小精灵一样在上面跳跃着，闪烁着迷离的光点。

叶小沫引我到客厅，叶老先生已在门口等候。见了我，他像会见大人一样同我握了握手，一下子让我觉得距离缩短不少。落座之后，他用浓重的苏州口音问了问我的年龄，笑着讲了句：“你和小沫同龄呀！”那样随便、和蔼，作家头顶上神秘的光环消失了，我的拘束感也消失了。越是大作家越平易近人，原来他就如一位平常的老爷爷一样让人感到亲切。

想来有趣，那一下午，叶老先生没谈我那篇获奖的作文，也没谈写作。他没有向我传授什么文学创作的秘诀、要素、活指南之类。相反，他几次问我各科学习成绩怎么样。我说我连续几年获得优良奖章，文科理科学习成绩都还不错。他说道：“这样好！爱好文学的人不要只读文科的书，一定要多读各科的书。”他又让我背背中国历史朝代，我没有背全，有的朝代顺序还背颠倒了。他又说：“我们中国人一定要搞清楚自己的历史，搞文学的人不搞清楚我们的历史更不行。”我知道这是对我的批评，也是对我的期望。

我们的交谈很融洽，仿佛我不是小孩，而是大人，一个他的老朋友。他亲切之中蕴含的认真，质朴之中包容的期待，把我小小的心融化了，以致不知黄昏什么时候到来，悄悄将落日的余晖染红窗棂。我一眼又望见院里那一墙的爬山虎，黄昏中绿得沉郁，如同一片浓浓湖水，映在客厅的玻璃窗上，不停地摇曳着，显得虎虎有生气。那时候，我刚刚读过叶老先生写的散文《爬山虎》，便问：“那篇《爬山虎》是不是就写的它们呀？”他笑着点点头：“是的，那是前几年写的呢！”说着，他眯起眼睛又望望窗外那爬山虎。我不知那一刻老先生想起的是什么。

我应该庆幸，有生以来第一次见到作家，竟是这样一位大作家，一位人品与作品都堪称楷模的大作家。他对于一个孩子平等真诚又宽厚期待的谈话，让我 15 岁的那个夏天富有生命和活力，仿佛那个夏天变长了。我好像知道了或者模模糊糊懂得了：作家就是这样做的，作家的作品就是这么写的。同时，在我的眼前，那片爬山虎总是那么绿着。

1991 年底于北京

忧郁的孙犁先生

一晃，孙犁先生已经去世5个月了。我一直想写写孙犁先生，却又不知从何写起，面对电脑，枯坐半天，总是一片空白。这让我非常痛苦，我才发现有的事情有的人真的想写却突然没有词了，那感觉就像欲哭无泪一样吧。

我常常想起孙犁先生，想起先生和我通过的那么多的信。我很想把这些信件都整理出来，为先生也给自己留一份纪念。可是，我不忍心触动那些难忘的，而且只是属于我们两人的岁月。那是一段多么难忘的岁月，在我的一生中，恐怕再也找不回那样恬静而温馨的岁月了。我表达着一个晚辈对他的景仰，他是我德高望重的前辈，却是那样的平易朴素，那么大的年纪却常常关心我的生活和写作，竟然来信说："您在各地报刊发表的短文，我能读到的，都拜读了。"而且按先生的话是"逐字逐句"认真地读，然后写来长信，提出批评，给予鼓励，文学变得那样的美好而纯净，远离尘嚣，我和先生仿佛与世隔绝一般，只谈读书，只谈往事。现在还会有那样的岁月和心境吗？

在孙犁先生在世的时候，我常常想去看望他，北京离天津并不远，况且在天津还有我的亲人和认识孙犁先生的朋友，我也经常去天津。但我还是一次次忍住了这个念头，我怕打扰一个喜欢安静的老人，说老实话，也怕和我想象中的样子出现偏差。心仪一位自己喜爱的作家，就老老实实地读他的作品吧。我知道我既不是他的学生，不是他的研究者，也不是他的部下，而只是一个敬重他的作者和喜爱他的读者，本来离孙犁先生就很远，即便走近了，也不见得就能够看得清楚，就还是远远地保留一份想象吧。

孙犁先生去世之后，我读过了不少人写的悼念文章，有些和我想象中的一样，有些和我想象中的不一样。我便问自己：我想象中的孙犁先生是什么样子呢？想了许久，我得出的结论是：晚年的孙犁先生是忧郁的。我不知道，我的想象是不是对。那只是我的想象。没错，孙犁先生的晚年是忧郁的。

孙犁先生的忧郁，和他衰年独处有关。他的文章中不止一次流露出“故园消失，朋友凋零，还乡无日，就墓在期”的感慨，他是一个情感极其细腻的人，他沉淀了岁月，洞悉了人生，所以在琐碎生活中特别珍时惜日，所以在秋水文章中格外取心析骨。

记得他读完我的《母亲》一文，知道我小时候生母去世后父亲回老家又为我和弟弟娶回一个继母的经历，来信说：“您的童年，无论如何，不能说是幸福的，使我伤感。”然后，又驰书一封特别说：“关于继母，我只听说过‘后娘不好当’这句老话，以及‘有了后娘就有了后爹’这句不全面的话。您的生母逝世后，您父亲就‘回了一趟老家’。这完全是为了您和弟弟。到了老家经过和亲友们商议，物色，才找到一个既生过儿女，年岁又大的女人，这都是为了你们。如果是一个年轻的，还能生育的女人，那情况就很可能相反了。所以，令尊当时的心情是痛苦的。”

前一封信，让我感动，我知道孙犁先生晚年很少再动感情，他却因我的一篇文章而为我的童年伤感。我能够触摸到他敏感而善感的心，便也就越发明白为什么在他早期的文章中充满对那么多人细致入微的感情描摹。我有一种和他的心相通的感觉，这不是什么攀附，只是普通人之间普通情感的相通。我相信他是不愿意他去世后被人称作大师的，他只是一个始终保持着普通人感情的作家，就像他始终喜欢布衣麻鞋粗茶淡饭一样。

后一封信，让我没有想到，因为从我写文章起到文章发表之后，都不曾想到父亲当年那样做时内心真实的感情，而只是埋怨父亲。孙犁先生的信提醒了我，也是委婉地批评了我。真的，对于父亲，我一直都并未理解，一直都是埋怨，一直都是觉得自己的痛苦多于父亲。也许，只有经历过太多沧桑的孙犁先生，对于哪怕再简单的生活也会涌出深刻的感喟吧，而我毕竟涉世未深。过去常看到别人说孙犁先生善于写女人，其实，他也是那样善于理解男人。我也隐隐地感觉到晚年的孙犁先生和年轻时的心境已经不大一样，便总觉得有一种忧郁的云翳拂过他的眼神，善意地注视着我们，伤感地回顾着往昔。

我不大清楚孙犁先生到底是如何看待自己晚年的文章的。我只知道在和我通信中，他特别提到过他的这样两篇文章，一篇是1989年写的《记邹明》，一篇是1994年写的《读画论记》。在他晚年的著述里，这两篇文章都算比较长的了。我是觉得他自己格外看重这两篇文章的，《读画论记》，他不计利钝，不为趋避，知人论世，裁画叙心，深刻道出对文坛的悲哀。在这篇文章中，他说："没有大智大勇，很难逃出这个圈子。"

我想起先生在给我的信中不止一次地流露出这种情绪："贪图名利于一时，这是很容易的。但遗憾终生，得不偿失，我很为一些聪明人，感到太不值。"在信里，他对文坛许多现象给予了批评，比如对那些冒充学问的所谓注水书籍的一再批评："这不能说明他有学问，是说明当前的'读者'都是'书盲'，能被这些人唬住，太可怜了。"面对这些现象，最后他只有在信中感慨地说："据我的经验，目前好像没有人听正经话，只愿意听邪门歪道，无可奈何。"我便忍不住想起他在文章中一针见血批评的话："文场芜杂，士林斑驳。干预生活，是干预政治的先声；摆脱政治，是醉心政治的烟幕。文艺便日渐商贾化、政客化、青皮化。”也是，这样的话，谁能够听得进去，谁又愿意听呢？

晚年的孙犁。唯一能够给予他慰藉的只有读书了。他在信中对我说：“我读书很慢，您难以想象，但我读得很仔细，这也是年轻人难以想象的。”在另一封信中，他又说：“读书烦了，就读字帖；字帖厌了，就看画册。这是中国文人的消闲传统，奔波一生，晚年得静，能有此享受，可云幸福。”孙犁是以这样的心境退回书斋之中的，既有中国传统文人之习，也有无可奈何之隐。孙犁先生的去世，我是感到这样一代文人和文风已经宣告结束了。那种忧郁的叹息和气质只存活在他的文字中了。

我知道孙犁先生晚年喜欢临帖书写，曾经请他为我写一幅字，他写来的第一幅录的是杜甫《寄彭州高三十五使君适、虢州岑二十七长史》中的诗句，诗里有“心微傍鱼鸟，肉瘦怯豺狼”和“竹斋烧药灶，花屿读书床”的句子，我不知道是不是先生的自况？他写来的第二幅字是“千秋万岁名，寂寞身后事”，我感到他在旷达和超脱之外的一丝忧郁。他出的最后一本书，取的书名竟是《曲终集》，我隐隐感到不大吉利，曾经写信问过他，先生回信却没有回答，也许，是觉得我岁数还小不大懂得吧。

《记邹明》，有他自己人生的感慨，那是一则邹明记，也是一篇哀己赋。在那篇文章中，他说：“是哀邹明，也是哀我自己。我们的一生，这样的短暂，却充满了风雨、冰雹、雷电，经历了哀伤、凄楚、挣扎，看到了那么多的卑鄙、无耻和丑恶。这是一场无可奈何的人生大梦，它的觉醒，常常在瞑目临终之时。”我不知道别人是如何看这篇文章的，我是感到了一种往昔的梦魇与现实的无奈，交织成一片深刻的忧郁，笼罩在晚年孙犁先生的心头，拂拭不去。

孙犁先生一生不谙世故宦情，以他的资历和成就，他完全可以像有些人那样爬上去的，但他只是如自己所说的："我的上面有科长、编辑部正副主任、正副总编、正副社长。这还只是在报社，如连上市里，则又有宣传部的处长、部长，文教书记，等等。这就像过去北京厂甸卖的大串山里红，即使你也算是这串上的一个吧，也是最下面，最小最干瘪的那一个了。"

在一次孙犁先生《耕堂劫后十种》书籍出版座谈会上，我曾经讲过这样的话——我很想把这段话作为这篇迟到的悼念文字的结尾：

孙犁先生是中国真正的、有点老派的古典文人。知识分子是干什么的？就是干与知识相关的事情，孙犁先生的一生就是这样干的。面对这样的一个人，我们很惭愧。因为我们有些知识分子干的不是知识分子的事情，或为官，或为商，或争名于朝，或争利于市，这是孙犁先生作品中不断批判的。而孙犁的一生，他干的是知识分子的事情，他不为官，也不为商，然而不是他没有为官的途径和条件。孙犁先生是一个真正的文人。回眸孙犁先生 20 年，实际不止 20 年，50 年或者更长，把他的 50 年、60 年，一生的作品都展示出来，孙犁先生可以面不改色，不用脸红，每篇文章包括每封信件都可以和读者见面。现在有多少作家可以把自己所有的作品更不要说每一封信件，摊出来和读者见面呢？包括所谓的大家。正如孙犁先生在《曲终集》中所说：人生舞台，曲不终，而人已不见；或曲已终，而仍见人。孙犁先生 50 年的作品，不仅一直保持着这种创作的势头，而且保持着真正文人的这种态度。所以我说孙犁先生是真正的文人，做的是真正文人的事情，愿意称自己为文人的人，都应该有发自内心的深省。

2002 年 12 月 11 日于北京

萧红故居归来

到一个陌生的地方去，与其说是看那一个地方的风景，让从未见过的它们闯进你的视野和心里，给你客观的感受；不如说是一种更为主观的心理和思绪乃至精神的东西，作用于你的心里和所看到的风景里。因为来之前你就已经在自己的心里想象着或勾勒着它们的样子了，如果和你想象的差不多或比你想象的要差，肯定索然无味；如果超乎你的想象，让你的想象在扑入你的眼帘的风光中碰得碎落纷飞，那才会勾起你的游兴。

从在北大荒插队开始，往来哈尔滨那么多回，竟然没有一次去成萧红故居。其实，它离哈尔滨仅仅 30 公里。今年夏天，终于好梦成真，了却了多年的心愿。但是，说心里话，真的去到了萧红故居，让我多少有些失落，它和我想象中的萧红故居不大一样，和萧红笔下的故居也不大一样。

它的前院过于轩豁，也过于整齐，汉白玉的萧红塑像，过于俏丽，少了些身世浮沉雨打萍的凄清和沧桑。特别是后院，那是萧红在《呼兰河传》中倾注了感情描述过的后院，修剪得像是如今司空见惯的小花园了。那棵在院子西北角的榆树没有了，那棵不开花不结果的樱桃树也没有了，多了一棵沙果树，正结满累累的红白透亮的小果子，硕大的西番莲，也是《呼兰河传》里没有见过的。在《呼兰河传》里被萧红那样富有灵性地描写过的“愿意长多高就长多高，愿意长到天上去，也没有人管”的玉米，也没有了。而“愿意爬上架就爬上架，愿意爬上房就爬上房”的倭瓜，被移植到了前院，像是安排好座位并像我们现在开会摆好座签一样，整齐地种在地垄里面。结出的金黄的倭瓜，都哈着腰沉沉地坠在架子下面，却再也不可能“愿意爬上架就爬上架，愿意爬上房就爬上房”，因为前面根本不靠房子了。

冯歪嘴子的磨房，被修得格外簇新，我们在修建文物时，似乎缺乏修旧如旧的本事。想想冯歪嘴子那大个子的媳妇带着新生的孩子盖着面袋子睡在这里凄凉的情景，眼下的磨房像是电影棚里搭的一个景。被萧红曾经那样充满孩子气地描写过的黄瓜秧爬满磨房的门窗，看不见外面的冯歪嘴子还在磨房里面自说自话的一幕幕情景，只存活在萧红的文字和逝去的岁月里，无法再现今日，因为今日再没有黄瓜秧爬上磨房的门窗。这时，你只能够感叹文字和岁月的永恒能力，是超越一切现代化的手段的。现代化的手段，可以把房子修建得格外整齐，却只是形似而神不似。堆放在后院后门的落叶，也堆放得那样整齐，像是放学排队回家笔管条直的小学生，没有了后院的蒿草、蓼花和乌鸦的忧郁、凄清和念想。可惜东园树，无人也作花，那种自由自在，那种随心所欲，那种生命中真正童年的后院，便只能够在萧红的文字中去追寻了。

“那园里的蝴蝶、蚂蚱、蜻蜓，也许年年仍旧，也许现在完全荒凉了。小黄瓜、大倭瓜，也许年年地种着，也许现在根本没有了。那早晨的露珠是不是还落在花盆架上，那午间的太阳是不是还照着那大向日葵，那黄昏时候的红霞是不是还会一会儿工夫变出一匹马来，一会儿工夫变出一条狗来，那么变着。这一些我不能想象了。”

所有的一切都被萧红所言中。萧红家的后院已经不再是原来的样子了。

想一想，54年前，萧红写《呼兰河传》时的情景，落叶他乡，寒灯孤夜，亡国去如鸿，故园在梦中，那一腔刻骨铭心的怀乡情感，如今多少人还能够记得，又还能够感同身受地理解？面对如今的美女写作、身体写作的迷花醉月，诸多风起云涌的花样变化，同样作为女性作家的萧红，不知该做何等感想。故园的变化，便更是理所当然而不能苛求的事情了。况且，毕竟还是修建了这座故居，让怀念萧红的人有个迎风怀想的流连之处。

也许，更让萧红无法理解，也难以想象的，是在我们就要离开她的故居时，来了一些警察，故居很多的工作人员纷纷出来，漂亮的女讲解员也相跟着出来，忙成一团。原来是从北京来的一位哪个部的首长要来参观，警察在故居的门前门后忙着清理，连门口道路上停放的车辆都要让它们开到别处去，让出路来。花径缘客扫，蓬门为君开，一看就知道是习以为常的事情了，人们在熟练地做着这一切。如同萧红研究如今成了显学一样，萧红故居也成了附庸风雅之地。萧红说："这一些我不能想象了。"不知道，她所说的"这一些"包括不包括眼下的这一些，只是，真的是不能想象了。

走出萧红故居很远了，本想看看到底是哪一位显要人物要来，还非要清场似的不可。等了一会儿，也没有见人影来，倒是先来了一溜儿小汽车占满了并不宽的道路。萧红故居的墙外面摆了一地的西瓜，卖瓜的商贩，也是看准了这个地方，可以借助乡亲萧红卖点儿零花钱。

回到哈尔滨，见到原黑龙江作协副主席韩梦杰，是多年的老朋友。阔别多年，相见甚欢。交谈中，他告诉我《北方文学》眼下办刊艰难，已经有8个月发不出工资了。因为刚刚从萧红故居回来，心情本来就有些郁闷，便更加郁闷。如今的萧红已经成为一个符号，装点着门面，成为旅游者的一个景点，成为附庸风雅者的一个象征。拿死人挣钱，却让活人没钱，这样说，也许是情绪话，但萧红故居和《北方文学》，同样作为黑龙江的文化品牌，冷热不均、旱涝失衡，却是应该正视的现实。心里暗想，萧红要是还活着，不知该如何面对。

2004年8月哈尔滨归来

如何纪念老舍先生

纪念老舍先生诞辰110周年的日子里，他的作品一下子流行起来，热闹了起来。今年年初，北京人艺将老舍先生的《骆驼祥子》《龙须沟》《茶馆》三部剧作重新搬上舞台；电视屏幕里，新版《四世同堂》刚播完，紧接着《龙须沟》又粉墨登场。无疑这都是对老舍先生最好的纪念。在称赞的同时，需要对这几部作品做一番比较，看看其成败得失，更看看我们应该如何纪念老舍先生才是。

先说这三部话剧，不禁对人艺艺术家精彩的演出由衷地敬佩，看得出他们不满足于以往深深刻印下的前车与后辙，而希望以自己重新的演绎，努力接近并还原一个真实的老舍先生。

看完这三部话剧之后，还有一个由衷的感慨，那就是老舍先生真的是厉害。孙犁先生曾论说作家生死两态：人生舞台，曲不终，而人已不见；或曲已终，而仍见人。显然，老舍先生属于令人尊敬的后者。无论作为小说家，还是作为剧作家，在中国的文学史上，还真的很少有人能够与之匹敌。一个作家，在他逝世四十余年之后，还能有如此之多如此之富于生命力的作品活跃在今天的舞台上，和我们呼吸与共，心息相通，老舍先生是不朽的。无疑，在这三部剧作中，《茶馆》是老舍先生的扛鼎之作，也是人艺拿捏得最为炉火纯青的精品。其高度概括的艺术力、气势宏大的叙述力，浓缩人生、人性和历史、时代；其丰富生动的语言、新颖别致的形式，开创话剧舞台创新之风。它是老舍先生内心深处艺术风光旖旎的一块风水宝地。新一代人艺的演出者，是踩在老舍如此辉煌的剧本之上和于是之等前辈艺术家的肩膀之上，他们的理解、创造和发挥，得益于此。最接近老舍先生，也最能够还原老舍先生的，是这部《茶馆》。看完《茶馆》，看见大幕之上远远地站着老舍先生。

演出结束之后，走在散场人群中，我听到一位观众朋友的话："国家领导刚刚讲完让咱们老百姓活得有尊严，这出戏可是让咱们看到了什么叫作活得没尊严。"

他的话令我心头一震。难道《茶馆》这出戏也打上了尊严的烙印？或者是王掌柜重新挂上了一块新的招牌？我看，无论王掌柜，还是演员和导演，倒未必如这位观众一样，真的是为了呼应这一点。但是，这位观众的话，应该引起我们的深思。以往，我们谈及人艺的风格，都愿意说是北京味儿。没错，地道的北京味儿，已经成为人艺醒目的特色。只是，我以为，北京味儿，似乎还概括不了人艺的风格，或者说人艺的风格不应该止步于此。就像北京王致和的臭豆腐，其独特的臭味，并不能完全概括其风格，还得是豆腐本身，才能体味到更为丰富的滋味和内容。

在我看来，半个多世纪人艺上演的剧目，凡优秀的能传下来的剧目，莫不是这位观众所说的表达了人的尊严的主题，除《茶馆》外，再如老舍先生的《骆驼祥子》，再如后来何冀平的《天下第一楼》等。只是，基本上都是表达了在特定的历史时期，人的尊严的沦落和丧失，它们把底层小人物的命运的悲哀，抒发得淋漓尽致。应该说，这一点上，谁也没有人艺演出得更出色。

记得最开始演出《茶馆》的时候，曾经有人建议加强人物的革命性，即让人的尊严更为主动地争取和发扬光大，老舍先生曾经明确地表达了自己的意见：“有人认为此剧的故事性不强，并且建议，用康顺子的遭遇和康大力的革命为主，去发展剧情，可能比我写的更像戏剧。我感谢这种建议，可是不能采用，因为那么一来，我的葬送三个时代的目的就难达到了。”

老舍先生说的三个时代，即剧中三幕分别写到的清末“戊戌变法”、军阀混战和日本侵占北平这样横跨50年历史的时代。三个时代的葬送，是以小人物尊严的沦丧为昂贵代价的。三个老头儿蹒跚在台上撒纸钱，祭奠自己和那些被埋葬的时代，真的是道出了那个时代小人物尊严的被践踏和无处藏身的悲凉。所以，老舍先生说《茶馆》这出戏就是“用这些小人物怎么活着和怎么死的，来说明那些时代的啼笑皆非的形形色色。”这些小人物怎么活着和怎么死的？一句话，是没有尊严地活着和没有尊严地死的。

当年《茶馆》曾经一度引起演出风波，周总理出面才又复演的。周总理说：“这样的戏应该演，应该叫新社会的青年知道，旧社会是多么地可怕。”现在，还应该再加上一句：“人们活得又是多么地没有尊严。”

这正是今天复排《茶馆》的现实意义。它从艺术的一个侧面告诉我们，对于中国老百姓，尊严的话题，曾经实在是太沉重，老舍的《茶馆》经过了三个时代半个世纪的颠簸，尊严还是谈不上；新中国60年历史，如今国家领导谈及尊严，说明我们的尊严的问题，仍然没有完全得到解决，依然是我们全民族的愿景之一。

从这一点意义而言，来回顾和展望或探讨人艺风格的形成和发展，我们可以看到，人艺凭借老舍先生剧目的带领，确实非常好地而且是独领风骚地演绎了中国老百姓丧失尊严的过程以及历史成因，让我们看到了生动的形象、深切的命运，而触摸历史，触动心灵。但是，也应该看到，人艺并没有很好地或者有意识地完成人们为实现自身尊严的奋斗而艰辛的历程，为我们塑造区别于老舍先生《茶馆》的新的人物形象。尽管人艺曾经付出极大的努力，比如新排的《窝头会馆》，以及几次复排的《鸟人》，还可以说以前曾经演出过的《狗爷儿涅槃》等剧目。比如，他们在《窝头会馆》里加进了在《茶馆》里老舍先生坚持不用的进步学生（这是当年张光年先生的建议），《鸟人》里增添了新笔墨，以荒诞的色调写鸟人三爷，触及到了争取尊严这一主题。但是，无论从戏剧形式，人物塑造，还是语言模式，基本上没有完全跳出老舍先生的《茶馆》而走得更远。

也就是说，人艺风格真正的形成和发展，还有更远的路要走。老本可以继续吃，尊严丧失的小人物的悲剧还可以接着演，但是，需要有新的剧目，特别是续上《茶馆》的香火，完成人们在新时代里的经济和政治的路途和现实生活中努力争取尊严的新人物形象的塑造，让他们出现在我们的舞台上。特别是艺术地实现活得有尊严所包含的政治与经济的含义，即：第一，每个公民在宪法和法律规定的范围内，都享有宪法和法律赋予的自由和权利；第二，国家的发展，最终目的是为了满足人民群众日益增长的物质文化需求；第三，整个社会的全面发展，必须以每个人的发展为前提。这实在是个大主题，大剧目，大制作。但如此意义观看，今日再次复排《茶馆》，才不仅是一次怀旧，而成为人艺开创新局面的一个先驱。

《骆驼祥子》是人艺对于老舍先生小说的改编，体现了一个时代对于艺术与人性的理解和规范。删繁就简地改写，特别是删去了祥子和虎妞婚后的矛盾和冲突，以及对虎妞和祥子形象的改造，特别是删去祥子最后的堕落，小福子的自杀，人物干净了，单纯了，却缺少了原著的复杂，缺少了老舍先生人性的高度和心理的深度，和作为小说家的老舍笔下的冷酷和不可遏止的对人物的解剖和对艺术的追求。老舍先生认为《骆驼祥子》是他的重头戏，好比谭叫天唱的《定军山》。现在来看人艺新一版《骆驼祥子》，虽然舞台全新的调度、演员青春的演绎，令人耳目一新，却似乎并没有和20世纪50年代和粉碎“四人帮”后的演出走出多远，依然轻车熟路地延续着旧有的惯性思维与方式，多少让我有些不满足。

当然，这样的删削，是一代艺术和艺术家的局限和无奈。1955年新版《骆驼祥子》，老舍先生自己也删削了小说最后的一章半，并获得当时文艺界的好评。日本汉学家、老舍研究者杉本达夫说过老舍有阴阳两面，阳的一面是保持自己原型不变的老舍，阴的一面是自觉不自觉脱离了自己原型的老舍。他还说一个老百姓的老舍和一个知识分子的老舍，一个谁来订货就拿货给谁的写家和一个灵魂深处呼唤主题的作家，一直矛盾着冲突着。今天，在演出的老舍先生这三个剧中，我以为人艺艺术家最能施展艺术天地的，是《骆驼祥子》。因此，我特别期待着人艺对于《骆驼祥子》有大刀阔斧新的演出版本的出现，更为自觉努力地还原一个真实而伟大的老舍先生。

最难演的是《龙须沟》，导演心里很明白，我看戏的那晚顾威先生一直站在剧场的最后，多少有些紧张地看观众的反应。尽管他一再强调这部戏定位于重寻人的尊严，让程疯子重返舞台的心理线与行动线去淡化修沟的外部戏剧动作，努力向老舍先生当年的真诚、真实与艺术靠近，或者说努力想还原一个真实与艺术的老舍。但是，老舍先生自己清醒得很，他早在写剧本之时就清楚：一、缺乏故事性；二、缺乏人物在日常生活中的描写。所以，他说：“在我的二十多年的写作经验中，写《龙须沟》是最大的冒险。”显然，近六十年后的重新冒险，让我们看到的是老舍先生和人艺艺术家内心明知不可为而为之的另一侧面，是政治与艺术的热情探索、交融、试水与博弈。尽管演程疯子的杨立新尽力尽心，演出后不止一位观众感慨说他的戏份太少，勉为其难。

再说电视剧《龙须沟》。前面已经提过老舍先生自己说过的话：“在我的二十多年的写作经验中，写《龙须沟》是最大的冒险。”同时，老舍先生自己又特别指出《龙须沟》：“须是本短剧，至多三幕，因为越长越难写。”如今，李成儒执导并主演的电视剧《龙须沟》铺排成了30集，肯定是对老舍先生怀有感情，并且是知难而上。

只是，李成儒执着并标榜的北京味儿，并不能支撑起这样庞大的铺排；更重要的，所谓地道的北京味儿，并非老舍先生的唯一和精髓。

在创作《龙须沟》的时候，对其中的人物，老舍先生曾经明确地说过：“刘巡长大致就是《我这一辈子》中的人物。”丁四就是《骆驼祥子》里的祥子，“丁四可比祥子复杂，他可好可坏，一阵明白，一阵糊涂……事不顺心就往下坡溜。”老舍先生没有说程疯子来源于谁，但应该是他在1948年至1949年创作的长篇小说《鼓书艺人》里的方宝庆，如今电视剧里的程疯子也叫宝庆，看来是顺着那一脉繁衍而下的。

问题是，电视剧里的这几位重要人物都与老舍先生的作品相去甚远，肆意的编排，远离了老舍先生对时代的认知和对艺术的把握。以程疯子为例，如果说他的前史确实来自方宝庆，如今却已经找不到一点儿《鼓书艺人》里的方宝庆的影子了。电视剧《龙须沟》和电视剧《四世同堂》一样，过多地加重了人物抗争和革命的色彩，这当然没什么不好，却有些置老舍先生的文本于不顾，说不客气点儿，有些把老舍先生当成一件光鲜的衣裳披在自己自以为是的身上，但这已经不是老舍先生本人了。

小说里写到的方宝庆，其性格老舍先生说是“世故圆滑，爱奉承人，抽冷子还要要手腕”。当然，这是社会使然，为生存所迫，他是属于被侮辱被损害的人。他也抗争，也和革命者孟良接触并受其影响，但写得都很有分寸，没有离开作为艺人的说书生涯和作为父亲和养女秀莲关系的范畴，他最大的愿望是建书场，办艺校，就是卖艺不卖身，“‘你不自轻自贱，人家就不能看轻你。’这句话可以编进大鼓词儿里去”。他的抗争和革命，便和他和秀莲的残酷命运，和自己的愿望的无情破灭，这样两条线息息相关，体现了老舍先生现实主义的非凡笔力。

如果电视剧能沿着这样的脉络和根系铺排发展和改编，进而一步步把这样一个艺人逼疯，在新社会重新焕发艺术的青春，实现了他苦求的愿望，也可能会是一部不错的作品。可惜，电视剧里的程疯子基本上偏离了这两条线，外加上为抓写报道的进步学生孙新而将程疯子抓进牢房，程疯子为找地下党而给丁四下跪等情节，和走得更远的丁四袭击美国大兵、偷拉孙新出城等情节一样，背离了人物的性格，而且，使得对立面黑旋风等反派人物完全脸谱化、漫画化，将蕴含着深刻而丰富的社会和人性内涵的老舍先生的作品简化和矮化了。

至于增添的周旅长的太太和京剧演员杨喜奎的戏份，走的则是张恨水先生《啼笑姻缘》的路子，更是和老舍先生大相径庭。

这就牵扯到对于老舍先生的理解，老舍先生的作品延续着他一以贯之的对下层百姓的世事人情的真实描摹中，揭示世道与人心两方面：既有对于不合理的世道的抗争和未来新生活的企盼，同时也有对人心即国民精神自身的批判和期待。无论程疯子和方宝庆，还是丁四和祥子，都并不完全同属一人，前后所处的时代也不完全一样，但他们的性格是前后一致的，老舍先生对他们的认知是一致的，可以编排演绎出新的情节和主题变化来，但不该太离谱去随心所欲，或为迎合今日的需求而李代桃僵。

对老舍先生的尊重，首先应该是对其作品的尊重，改编其作品尤其要体现这种尊重。老舍先生不是一块肥肉，可以任我们由着性子为我所需地随意切割，然后猛添加辅料和佐料，烹炒出合我们自己口味的一道杂合菜，还非得报出菜名说是老舍先生的。

2009年岁末于北京

他将长生草留给水

今天，看到樊发稼先生的信，才知道郭风先生去世的消息，1月3日，就在两天前。1月29日，就是先生92岁的生日，按理说，应该算是喜丧，心里却还是充满着悲伤。

1月3日，北京下了一天一夜的大雪，是北京60年的历史中从来没有过的大雪。就像32年前先生在他的那篇曾经被选入小学语文课本的代表作《松坊溪的冬天》里写过的雪，“像柳絮一样的雪，像芦花一样的雪，像蒲公英的带绒毛的种子在风中飞的雪”。没有想到，先生就在这样的大雪中走了。32年前，先生说他看到了一个“发亮的白雪世界”，在这个世界里，他看见了一群彩色的溪鱼。真的希望，先生离开我们到的那个世界里，还能够看到一个“发亮的白雪世界”和一群彩色的溪鱼。先生一辈子都是用童话般的眼睛看待生活和世界的，他一定会看到这样的情景的。

发稼先生说“郭风先生是他敬重的前辈作家”，这正是我要说的话。往事如水，岁月如风，很多回忆一下子拥挤在脑子里。论年头，我和郭风先生交往不是最长的，也不敢说是读他作品最早的，却也颇有些年头了。

1962年，我读初中二年级。在当时的北京东安市场的旧书店，我买了郭风先生的《叶笛集》。这本散文诗集，收录的是郭风先生1957年冬天到1958

年夏天写下的作品。当时，我仅仅花了一角钱。

我很喜欢书中描写的红色的香蕉花、米黄色的荔枝花和月白色的橘子花，以及那“美丽得好像开花的土地”的榕树，“腊月里蜜蜂还出来采蜜的”的故乡。我还曾经抄过、背过书里面那些散发着豆蔻香味一样的散文诗句：“雨点敲打着远处一大群一大群相互依偎的绵羊似的荔枝林，那林梢仿佛在冒着白色的烟雾。”“云絮浮在空中，好像一只蓝酒杯中泛起的泡沫。太阳挂在空中，好像一朵发光的向日葵。”“明媚得好像成熟麦穗的天空。”……

心想，只有拥有童心的人，才会有这样“鱼鸟皆遂性，草木自吹香”的心性，才会在笔下流淌出这样新颖而明朗的语言，才会小孩子的心思一样充满奇思妙想，把荔枝林比作相互依偎的绵羊，把云絮比作蓝酒杯中的泡沫，把天空比作成熟的麦穗。那样地透明、清澈。当时让我的心里充满花开一般的向往，如今遥远得犹如一个梦，一个怅然的梦。

我从来没有想到有一天能够遇见这本书的作者郭风先生。即使以后曾经多次到过福州，曾经到过郭风先生住过的黄巷老街徜徉，但我从没想要打搅先生，我一直以为真正喜欢一位作家，就老老实实买他的书，读他的作品。

18年前，也就是1992年的4月，我再次来到福州，我的朋友，当时福建作协的秘书长朱谷忠，来我住的于山宾馆，接我去和当地的文学爱好者座谈，一边往外走，他一边对我说：“郭风先生也来了。”我的心里一动，怎么这么巧，想见的人就在眼前了。这时，已经看见一个精神矍铄的老人正站在4月龙眼花开的树下，我紧跑几步，向他跑了过去，蹦在脑海里的第一个镜头就是那本《叶笛集》，便先忍不住对他讲起了30年前我花一角钱买过的那本《叶笛集》。他微微地笑着，望着我，和蔼地听我说着。

如今，虽然已经过去了48个年头，这本《叶笛集》，现在还保存在我的书架上，伸手就可以摸到，常常还会拿过来翻开。就像一位老朋友，相逢的时刻和回忆的味道，总是交织在一起。

今天，写这则文字的时候，书就在身边，我再一次拿过来翻看的时候，才发现一本书对于一个人成长的作用和分量。虽然，这只是一本仅仅有 93 页薄薄的小书。

我曾经把它带到插队的北大荒，很多同学都借去看过。当时，书放在荒原上的马架子里藏着，纸页已经被北大荒的雨水浸蚀得发黄，骑马钉脱落，封面被我用胶条粘着。动荡的生涯中，几经迁徙，许多书都丢失了，这本《叶笛集》却从北京到北大荒，又从北大荒到北京，还有多次的搬家，竟然奇迹般地保留下来。我知道，人的一辈子，像会遇见过许多人一样，也会买过并读过许多的书，但真正能够在 48 年漫长的岁月里一直保留在你身边的，正如你不会太多地记住曾经见过的那些过眼烟云的人一样，也并不会太多。

我格外珍惜这本《叶笛集》。看到它，我就会想起我的学生时代，想起我在北大荒，更会想起郭风先生。

想起郭风先生，有这样两件事情，拔出了萝卜带出泥一般，不由自主地跳了出来。

一件是第一次见到他时，在和文学爱好者的座谈会上他讲的话，给我的印象很深。其实，那一次，他一共就讲了两句话，一句是“我出了三十几本书，没有一本满意的，到了老年才好像刚刚进了门”，一句是“作家的自我感觉不要太良好，应该总像失恋一样，心里总有些怅惘”。他不是一个善于讲话的人，因此不像有的作家能够舌灿如莲，但他讲得很真诚，他的这些言简意赅的话，对于今天仍然有着警醒的意义。

另一件事情，是前几年我在信中向他询问法国象征派诗人果尔蒙的《西茉纳集》，我没有读过，知道先生年轻时就喜欢这位诗人，便向他讨教。没想到很快我就收到先生复印的厚厚一大摞《西茉纳集》，是戴望舒翻译的。想想他那样大年纪跑去为我复印，并替我邮寄，让我感动的同时，也真是感到不安。

西茉纳，太阳含笑在冬青树叶上，/ 四月已回来和我们游戏了，/ 他将长生草留给水，/ 又将石楠花留给树木，/ 在枝干生长的地方……

想起这样的诗句，是因为我想起了那年的 4 月第一次见到郭风先生的情景。“他将长生草留给水，又将石楠花留给树木”，多么美的诗句。如今，郭风先生已经离开我们了，忍不住想起了《叶笛集》，想起这些往事，想起先生那如圣诞老人一样慈祥的面容。

他将长生草留给水，又将石楠花留给树木，他将岁月留给了他的文字。

2010 年 1 月 5 日夜于北京

君子一生总是诗

到美国一个多月，国内文坛的消息闭塞，一直到昨天才听说韩少华去世了。看他走的那天，是 4 月 7 日，恰是我乘飞机离开北京的日子，真的是莫名其妙的巧合，心里不觉暗惊，眼前浮现出少华那温柔敦厚的身影，和他的夫人冯玉英大姐，还有他的女儿韩晓征。那是一家多么好的人。

少华年长我 14 岁，我却一直叫他少华，总觉得这样叫亲切。他没有架子，是那种纯正古典派的文人，对于我，他亦师、亦兄、亦友，我们是君子之交，清淡如水，却也清澈如水。

我和少华于 20 世纪 80 年代相识，但他的名字我早就熟悉。大约是 1962 年或者是 1963 年，我买了一本由周立波主编的当年的散文特写选，里面选有韩少华的散文《序曲》。和如今几乎泛滥的年选本大不一样，那时候编选认真，而且编选者认真地写了读后的序言。周立波写下的长篇序言中，特别提到了《序曲》，给予了热情的赞扬和希望。我记住了韩少华这个名字，以后，他所有的散文，我都看过。

那时候，我读初三和高一。在描写校园生活的散文中，我喜欢两个人，一个是李冠军，一个便是韩少华。我买了李冠军的散文集《迟归》，整篇抄下了韩少华的《序曲》《花的随笔》《第一课》，每篇散文的题目，都特意用红笔写成美术字。至今还清晰地记得，《序曲》里那个演出前对镜理装心情紧张的舞蹈少女和那位为少女描眉慈爱的老院长；记得序曲响起，大幕拉开，少女以轻盈的舞步迈进了芬芳的月色中的情景，有些如梦如幻。那时候，我迷上了散文，自觉他和当时一些散文名家的写作姿态不大一样，他似乎更重视散文的意境，更仔细经营散文的叙事而多于那时常见的抒情和结尾的升华。他几乎都是用富于诗意的笔触，细腻而温馨地书写生活和情感，我心里猜想这样的一个人是什么样子的呢？

第一次见到他的时候，比我想象中的要高大和英俊。那时候，他已经稍稍发胖。如果在他写《序曲》的风华正茂的年代，应该更是仪态万千。他能唱单弦和大鼓书，我和他一起开过几次会，听过他的发言，我从来没有听过一个作家的发言如他这样，水银泻地，一气呵成，仿佛是对着讲稿一字不错地朗读，不带一个多余的字，充满韵律和感情，还有内在的逻辑。这是他多年教师生涯的锤炼，也是他才华横溢的表征。我曾对他说你的发言不用修改就是一篇稿子。他笑笑摆手。我心想，如果站在舞台上，他就像濮存昕；在讲台上这样漂亮地讲述，只有我们汇文中学的特级数学老师阎述诗（歌曲《五月的鲜花》的作曲者，和少华一样地才华横溢），和他为并蒂莲。

忘记了什么时候，我曾经对他讲起我中学这段学习经历。他认真地听我讲完，笑着对我说："那都应该感谢袁鹰和周立波当时对我的扶植和鼓励。"然后，他告诉我李冠军是他北京二中的同学，后来到天津当中学老师。接着说，在二中教书的时候曾经收到他寄来的《迟归》，可惜英年早逝。讲完，少华和我都替李冠军惋惜。我一直惊讶二中曾经涌现出那样多的作家，其中在20世纪60年代校园散文创作我最喜欢的两个人，竟然同出一门，便一直猜想这样两位才子是如何惺惺相惜，又是如何彼此砥砺的。

1990年底，有出版社愿意出版我的报告文学选集。我20世纪70年代末写报告文学，到了80年代末就洗手不干了，居然还有出版社愿意为我过去的这10年报告文学结集出版，对我自然是鼓励。我想得认真对待，便在一次开会的空隙找到少华说起了这事，他替我高兴，说好啊，你应该有一本完整的报告文学选集了。他就是这样一个敦厚的人，没有文人相轻的旧习气或针鼻儿大的小心眼儿，真心替朋友高兴，如同待他自己的事情一样，特别是对待晚辈，他有真正长兄的气质和心地。我想请他为我的这本书写序，他一口答应下来，说你先编，我一定认真拜读，好好写这篇序，和你一起总结这10年。谁知道，第二年，少华外出讲课归来的途中，在火车上中风，一病不起。

记得那时候，我的好友赵丽宏正好从上海来北京开会，我们两人相约一起去新源里少华家看望他。病来如山倒，看到那么一个风流倜傥的人突然倒下，我的心里非常不好受。从他家出来，冷风扑面，我和丽宏都很难过，彼此久久没有说话。

我听说，这突然一病，需要用的一些药不能报销，少华的经济有些拘谨，心情也受些影响，便给当时中华文学基金会的会长张锲写了封信。我知道他们基金会那里有一笔钱，专门帮助作家用的，我希望他能够伸出援手，雪里送炭。没几天，张锲给我回了信，告诉我他已经派人去了少华家，给予了一些帮助。但是，我心里清楚，这只是杯水车薪，是精神大于物质的帮助。我知道，少华为人低调，蜗居一隅，羞于名利，无意争春，只希望能够写东西，写作是他生命存在的方式。我常常想起少华曾经写过的文章，他说新中国成立以后散文的兴旺有两个时期，一个是新中国成立初期，一个是20世纪60年代初期。他没有想到，在他病倒后不久，即20世纪90年代后期一直到21世纪初，散文的兴旺远超过前两次。少华病得真不是时候，才58岁，正值壮年，正是可以大展才华的时候，在散文领域里，他绝对是独树一帜而不可或缺的一家。而且，我心里一直悄悄在说，散文的稿费，特别是报纸的稿费，也大大高于以前，起码少华的经济可以更好些。

都说久病床前无孝子，其实，久病床前车马稀，是世态炎凉和人生况味的凹凸镜。少华只是一名老师，一官莫名；而年龄处于夹心层，上下够不着。虽然，后来在《人民日报》《中华读书报》《北京晚报》等报刊上读到少华用左手艰难写出的新作，我替他高兴的同时，知道他的内心一定是寂寞的，是不甘的。我更知道，他心里还装着多少东西没有来得及写而且那么地想写呀！

我一直为少华不平，我以为对少华的文学成就一直没有认真地评价和总结。在延续上一个时代（即20世纪60年代）和下一个时代（即新时期之后）的散文创作中，少华所起到的衔接、传承和发展的作用，无人可以企及；特别是在散文创作关于情与思、形与神、诗与文、史与今、浪漫情怀和现实精神等方面，少华都做出了富于前瞻性的努力和探索。

4年前，也是在美国，我在芝加哥大学的图书馆里借到少华写的中篇小说《少管家前传》。以前，我读过他的小说《红靛颏儿》，听他说过这篇，一直没有读过，正好补了课。读后，我非常兴奋，觉得这是少华多年心底的积累，将会是一本写老北京生活的大书。既然有了“前传”，必应有“正传”和“后传”才是。在写老北京生活的小说中，我还从来没有看过写得这样讲究的，每个人物，每个情节，每个细节、每个场景、每句话语……严丝合缝，曲径回环，气象万千。都说少华散文写得好，其实他的小说写得同样漂亮呀。当时，我抄了好多笔记，准备回北京和少华好好探讨一番，甚至想即使他再无法动笔写这鸿篇巨制，也可以让女儿晓征帮忙，一起完成。可是，回到北京不久，我腰伤住院半年，出院后总觉得时间还有，也是人懒心懒，把事情拖了下来，便也失去了和少华交流的最后机会。

我想起了少华刚刚搬到崇文区四块玉的时候，在四块玉街口和他巧遇，因为那里离天坛东门不远。他的夫人冯大姐推着轮椅正要带他去天坛，我对他说搬到这里好，离着天坛近，可以天天来天坛呼吸呼吸新鲜空气。那天是个黄昏，望着冯大姐推着轮椅走进夕阳的影子里，心里一阵发酸，然后漾起感动和感慨。想想少华一病近二十年，都是冯大姐精心照料，事无巨细，所有的苦楚，都悄悄咽进她自己的肚子里。如果没有冯大姐的陪伴，简直无法想象。少华真的好福气。或者说，好人必有好报吧。

记得少华曾经写过一篇《君子兰》的散文，他实际写的是对君子的礼赞和向往，他把君子怀德、君子喻于义、君子不忧不惧，称为“君子之风”。如今，不要说文坛，整个社会“君子之风”都稀薄得可以了，便让我越发地怀念君子少华。

手头没有别的资料，只有两本台湾版的《读杜心解》，便仿老杜之句，写了一首打油，遥寄我对少华迟到的怀念——

病来霜落发如丝，到老少华是我师。
万里悲伤难追日，百年沧桑却逢时。
无痕秋水犹能忘，有伴春山岂可思。
自古文人多寂寞，一生君子总为诗。

2010 年 5 月 28 日改毕于美国新泽西

角直春行

1977年的5月，叶圣陶先生有过一次难忘的故乡之行。在这一年5月16日的日记里，他这样写道："宝带桥、黄天荡、金鸡湖、吴淞江，旧时惯经之水程，仿佛记之。蟹簖渔舍，亦依然如昔。驶行不足三小时而抵角直。"

那是一艘小汽轮，早晨八点从苏州出发。

今年的4月，我也是清早八点从苏州出发，也是沿旧路而行，不到一个小时就直抵角直了。我很奇怪，那一次先生是时隔55年的重返故地，55年了，那里居然"依然如昔"，难以想象。如今，先生所说的"惯经之水程"没有了，代之而起的是宽敞的高速公路。宝带桥和黄天荡，看不到了，金鸡湖还在，沿湖高楼林立，已经成为和新加坡合作开发的新园区。江南水乡，变得越来越国际大都市化，在这个季节里本应该看到的大片大片平铺天际的油菜花，被公路和楼舍切割成了一小块一小块，如同蜡染的娇小的方头巾了。

先生病危在床的时候，还惦记着这里，听说通汽车了，说等病好了自己要再回角直看看呢。不知如果真的回来看看，看到这样大的变化，会有何等感想。

这是我第一次到角直。来苏州很多次了，往来于苏州上海的次数也不少了，每次在高速路上看到角直的路牌，心里都会悄悄一动，忍不住想起先生。我总是把那里当作先生的家乡，尽管先生在苏州和北京都有故居，但我总是先入为主地认为那里才是他的故居。先生是吴县人，角直归吴县管辖，更何况年轻的时候，先生和夫人在角直教过书，一直都是将角直当作自己的家乡的。

照理说，先生长我两辈，位高德尊，离我遥远得很，但有时候却又觉得亲近得很，犹如街坊和蔼可亲的老爷爷。其实，只源于1963年，我读初三的时候写过一篇作文，参加了北京市少年儿童作文比赛而获奖，先生亲自为我的作文进行了逐字逐句的批改和点评。那一年的暑假，又特意请我到他家做客，给予我很多的鼓励。我便和先生有了忘年之交，一直延续到“文革”之中，一直到先生的暮年。记得那时我在北大荒插队，每次回来，先生总要请我到他家吃一顿饭，还把我当成大人一样，喝一点儿先生爱喝的黄酒。

先生去世之后，我写过一篇文章《那片绿绿的爬山虎》，记录初三那年暑假我第一次到先生家做客的情景。可以说，没有先生亲自批改的那篇作文，没有充满鼓励的那次谈话，也许，我不会成为一个以笔墨为生的人，少年时候的小船，有人为你轻轻一划，日后的路会有意想不到的变化。后来，这篇文章被收入小学语文课本。无疑，强化了这样变化的意义，渲染了少年的心。

能够去角直看看先生留在那里的踪迹和影子，便成了我一直的心愿。阴差阳错，好饭不怕晚似的，竟然一推再推，推迟到了今日。密如蛛网的泽国水路，变成了通衢大道，角直变成了门票一张50元的旅游景点。

和周围同里、黎里这样的江南古镇相比，角直没有什么区别，可以说是大同小异。一条穿镇而过的小河，河上面拱形的石桥，两岸带廊檐的老屋……如果删除掉老屋前明晃晃的商家招牌和旗幌，以及不伦不类的假花装饰的秋千，也许，和原来的角直没有什么两样，甚至和1917年先生第一次到角直时的样子一样呢。

叶至善先生在他写的先生的传记《父亲长长的一生》中，提到先生最主要的小说《倪焕之》时，曾经写道：“小说开头一章，小船在吴淞江上逆风晚航，却极像我父亲头一次到角直的情景。”尽管《倪焕之》不是先生的自传，但那里面的人物有太多先生的影子，而里面所描写的保圣寺和老银杏树，更是实实在在的角直的景物。

1917年，先生22岁，年轻得如同小鸟向往新天地，更何况正是包括教育在内的一切变革的时代动荡之交。先生接受了在角直教书的同学宾若和伯祥的邀请，也来到了这里的第五高等小学里当老师。人生的结局会有不同的方式，但年轻时候的姿态甚至走路的样子，都是极其相似的。或许，可以说这是属于青春时的一种理想和激情吧。否则，很难理解，在“文革”中，先生的孙女小沫要去北大荒，母亲舍不得，最后出面做通她的思想工作的是先生本人。先生说：“年轻人就想过一种全新的生活，就让小沫自己去闯一闯，如果我年轻五十几，也会去报名呢。”或者，这就是当年先生角直青春版的一种昔日重现吧。

穿过窄窄的如同笔管一样的小巷，进入古色古香的保圣寺，忽然豁然开朗，保圣寺旁边是轩豁的园林，前面是唐代诗人陆龟蒙的墓和他的斗鸭池、清风亭，后面便是当年五高小学的地盘了，女子部的教室小楼，作为阅览室的四面亭，和生生农场，都还健在。特别是先生曾经多次描写过的那三株参天的千年老银杏树，依然枝叶参天。有了这些旧物，就像有了岁月的证人证言一般，逝者便不再如斯，而有了清晰的可触可摸的温度和厚度。

生生，即学生和先生的意思。原来这里是一片瓦砾堆，杂草丛生，是学生和先生共同把它建成了农场。那时候，先生注重教学的改革，注重学生的实践活动。其实，农场很小，远不如鲁迅故居里的百草园，说是农场，不过是一小块田地，现在还种着各种农作物，古镇里的隐士一般，只问耕耘不问收获似的，杂乱而随意地长着。

教室楼和四面亭的门都锁着，透过窗户可以看到，前者里面的课桌课椅，当年先生的妻子胡墨林就在这里当教员，还兼着预备班的主任；后者则有先生临终的面模。四面亭的前面，是后建的一排房，作为叶圣陶先生的纪念馆，陈列的实物不多，是一些图片文字的展板，介绍着先生的一生。空荡荡的，中间立有先生的一尊胸像，脖子上系着一条鲜艳的红领巾。

五高小学应该是当时中国教育改革的先驱学校了。看到它，我想起了春晖中学，那是叶至善先生的岳父夏丏尊先生创办的学校，年头比五高要晚一些。五四时期，中国文人身体力行参与教育的变革实践，可以说是空前绝后了，和我们如今的坐而论道，指手画脚，或事不关己高高挂起的无力感的形象大相径庭。

先生在五高教书一共九个学期，四年半的时间。应该说，时间不算长。但这是青春期间的四年半，青春季节的时间长短概念和日后不能用同样的数学公式来计算。它在人的一生中的作用常常会被放大或延长。更何况，在这四年半中，先生的父亲故去，五四运动爆发，文学研究会成立，这样几桩大事发生的时候，先生都在甪直，却一样心事浩茫连天宇，便让这个青春之地，不仅仅属于偏远的古镇，也染上了异样的时代光影与色彩。

先生在事后曾经在文章里说过：“当了几年教师，只感到这一途的滋味是淡的，有时甚至是苦的；但到了甪直以后，乃恍然有悟，原来这里也有甜甜的味道。”在我看来，这其实就是青春的味道。难怪以后无论走到哪里，先生都会说甪直是我的第二故乡，都会在自己的履历表上填写自己是小学教师。

先生的墓地在四面亭和生生农场的一侧，墓道前有一座小亭，叫未厌厅，显然是后盖的，取自先生的一本文集的名字。墓前有几级矮矮的台阶，有一围矮矮的大理石栏杆，没有雕像，也没有墓志铭之类的文字说明，长长的墓碑如一面背景墙，上面只有赵朴初先生题写的“叶圣陶先生之墓”几个大字。

这里原来是五高的男生部楼，后来变成了校办厂。先生弥留之际，口中断断续续吐露出的话，是生生农场、银杏树、保圣寺、斗鸭池、清风亭……他把自己埋在了自己的青春之地。

我走到墓前向他鞠躬，看见一旁是角直的叶圣陶小学送的花圈，鲜花还很鲜艳。清明节刚过不久。另一旁是老银杏树，正吐出新叶，绿绿的，明亮如眼，好像先生就站在旁边。那一年，先生重回到这里的时候，手里攥着一片从树上落下的银杏叶，久久舍不得放下。

2011年4月20日写于角直归来

佗城遇萧殷

到佗城是大中午，南中国的太阳热辣辣的，像顶着大火盆。到镇中心的孔庙参观，回头一眼看见，孔庙的前面是开阔的广场，广场一侧，有一座电影院，顶端写着“佗城电影院”，落款有“萧殷”的字样。忽然才想到，萧殷就出生在佗城。

电影院有年头了。那种山字形马头墙式的牌楼，一下子让我回到二十世纪的五六十年代，那时候，这样的电影院在县城或小镇有很多，一直到20世纪80年代，我到青海冷湖镇，看到那里的电影院和这里几乎如同一个模子里刻出来的。一问，果然是20世纪40年代的老电影院。新中国成立以后，进行过翻修，一直延续用到现在。前两年扩建孔庙前的广场，要拆这座电影院来着，县委书记来视察，一看电影院的名字是萧殷题写的，要求保留下来。我想，萧殷大概做梦也不会想到，死后多年，自己的名字还能起到这样的作用，居然保住了一座老电影院。

佗城是一座古镇，隶属广东龙川县，地处粤东北，现在依然是经济欠发达的山区。对比风情万种的珠三角，这里质朴得如同素面朝天的村姑。当年，南越王赵佗设龙川县县城就在这里，佗城的“佗”字便来源于他。萧殷出生在这里，在这里的龙川县一中上的中学，当年中学就在古镇的古代考试的试院。在贫寒中读到中学毕业，萧殷在佗城小学教过一段书，一直到21岁的时候才离开这里到广州读书。他就是在家乡开始迈出了他的文学创作的脚步。萧殷活了68岁，人生的近三分之一的时光是在这里度过的。家乡对于他不仅只是一个符号，而且是牵枝带蔓，连心连肺的。

听说萧殷的故居还在，我请求能去一看。萧殷不仅是我的前辈，还曾经是我的同事，他曾经在《人民文学》担任过编辑部主任。虽然，我从未曾与他谋面，但早就听说他不仅是一名很优秀的文学评论家，还是一个名副其实的好编辑，不要说如白桦、邵燕祥等很多名家的处女作、成名作都出自他手（粉碎“四人帮”后他抱病还在关心并成全着当时广东的青年作家陈国凯、吕雷等人），仅看这样两条：来稿必看，来信必复，就会让很多如今的编辑汗颜。想以前曾经出版过的《萧殷文学书简》一书，大概远远未能收全他的书信。我私下常常以一位作家通信的多少来判断其为人的心底，乃至可以成为其文学成就的一个鲜明有力的注脚。前辈作家中，鲁迅和孙犁先生，可以说是这方面突出的代表，萧殷秉承着这样的传统。

萧殷是老延安，资格很老，却在1960年调回广东。这一举动，和当年的艾芜相似，艾芜也是在这相近的年月里要求调回四川老家。这里自然有故土难离的乡情，也有远离那时京城文坛是非动荡之地的心曲。仅从这一点来看，我就对他充满敬意，因为并不是所有人都能做到这样明不规暗，直不辅曲，向往长闲有酒，一溪风月共清明的境界。文坛上，迎风躬逢和追名逐利之徒有的是。

萧殷故居，四周如今热闹如市，当年却是在古镇城外。萧殷在自己的著作中称之为竹园里，那时周围一片竹林似海，清风如梦。现在显得有些杂乱，后盖起的房屋参差不齐，高矮不一，密匝匝地包围着萧殷故居。它是一座三层的小楼，外表很像开平或东莞的碉楼，只是腰围小了几号。窄小的窗孔如同梅花炮口，说明当年这里还是偏僻的，要警惕土匪的袭击。沿着颤巍巍的木板楼梯爬上去，小楼早已荒芜如弃园。一楼原来厨房的灶台早已凋败，柴草散落在旧日的回忆里；二楼是萧殷的哥哥住；三楼是萧殷住，每层的开间都不太大，但坚固得很。下楼后才发现，门楣上有赖少其题写的“萧殷故居”的牌匾，由于光线幽暗，不仔细看，根本看不清。

楼前的一座新楼里住着萧殷的嫂子，八十多岁了，身体很硬朗。她的两个儿子正好都在家，老大一口龙川当地浓重的乡音，告诉我总会有外地人来这里要看萧殷故居，不知要带着人跑多少次，踩得那木楼梯摇摇欲坠快要塌了，然后问我要不要带我去看看？我说我已经看过了，便和这两位萧殷的侄子聊起来。说起萧殷的往事，如同天宝往事一样遥远了。其实，萧殷是 1983 年去世的，文坛却如煤层一般，不知不觉之间，已经挖掘断了好几层，一代一代更迭并改写着岁月，模糊并淡忘着记忆。

当晚，住在龙川县城，第二天早晨离开的时候，才知道这里还有一个萧殷公园，请求一定去看看。在我的印象中，似乎除了青岛有一座鲁迅公园，其他地方还没有以作家名字命名的公园。主人说公园正在扩建，是一片工地，那也要去看看。那是城中心的一块三角地，现在要把围墙拆除，让公园露出来。绿意葱葱的榕树龙柏和桂花树，还有一丛高大粗壮名叫竹拍的翠竹，簇拥着一座雕像的花岗岩底座。清晰地看得见上面有吴有恒撰文赖少其书写的萧殷生平。赶过来的文化局局长对我说：“这是原来公园里萧殷雕像的底座，那座雕像是萧殷的半身石雕，当年请广州一位著名雕塑家雕刻的，现在请不起了，要的价钱太高，只好请我们当地的人雕刻了，是一尊比原来要高大许多的萧殷全身像。”然后，在公园的一侧建一排展框长廊，陈列萧殷的著作和生平介绍。

一个偏远的小镇，一个经济落后的小小县城，居然心存温暖和敬意地保留着一位作家的三处遗迹：他的故居，他题写名字的电影院，以他的名字命名的公园。心里充满感动。为萧殷，也为佗城。

2011 年 7 月 23 日于北京

梅州访张资平

到广东梅州，听说张资平的祖宅就在市区边上，便请车子拐了弯。这里原来隶属梅县东厢堡三坑村，市区的扩大，像包饺子一样，把它当成了一道美味的馅包了进来。

早听说张资平的祖宅叫作留余堂，张资平在这里落生，一直生活到了19岁才离开这里，到日本留学，据说当时他考的成绩是最后一名，爬上了去日本的海船船尾。这里是他的故居，如今讲究名人故居的开发，成为不可多得的文化和旅游资源。更何况，张资平历来是颇受争议的人物，其汉奸的历史问题，以及因写三角恋爱小说闻名而遭到鲁迅先生的批评，都使得他显得有些另类而为人瞩目。只是因为张家老屋尚未收拾好，暂时未对外开放。对我而言，更愿意看这样未经修饰的老宅，哪怕荒芜如同一座废园，其凋败的沧桑之中，更能让人捕捉到历史真实的影子。想前两年在东北看萧红故居，新得如同新娘，难以走进《呼兰河传》之中了。

走进留余堂，没有见到一个人。牌楼式的大门坐南朝北敞开着，三进三出的大院落，明显客家围龙屋的格局，中轴线连带着三座轩豁的厅堂，左右对称三排排屋，最后一排半圆形的围屋，整个院落足有七十多间房子，却空荡荡的，只有南国热辣辣的阳光，不安分的小鸟一样，在地面和屋顶上跳跃。

房屋的门窗都有些破败，里面更是一片凋零，蛛网坠落，尘土四溢，堆砌着乱七八糟的杂物。看样子，早没有人居住，所有的一切都只在遥远的回忆里了，破败而悲凉的情景，颇似电影《小城之春》里重回故里的那种感觉。但是，如果仔细看，房梁上有精美的木雕，并没有被岁月凋蚀和人工破坏，雕刻着的麒麟、如意和大鼓，依然栩栩如生。还有松竹梅莲的漆画，也清晰可见。大门“珠联璧合，凤翥鸾翔”的门联，大堂上“积善之家荆树有花兄弟乐，读书为业砚田无税子孙耕”“孝友传家诗书礼乐，文章报国秋实春华”的抱柱联，以及大门门楣上道光二年的横匾“经魁”，前堂道光十四年的横匾“文魁”，都显示出了张家当年的风光、气派和心底。张家祖上出过两个四品官，七个举人，虽不为显赫，却也值得骄傲。记得张资平在他的也是我国现代文学史的第一部长篇小说《冲击期化石》中，曾用颇大的篇幅写过他的老宅，特别写过老宅的这些对联，虽然文字有出入，但忠孝传家、诗书及第的内容是相同的。还特别写过他的父亲，当年父亲是秀才，当乡间的私塾先生，他从小是跟着父亲学习的，他说“父亲是我的知己”。

最宽敞的中堂，显然被人收拾过了，中间有祭祖的条案，左侧的墙上有张氏家族捐款的名单，右侧的墙上有一排照片，是张家出过的人物。在中间，我找到了张资平，看照片下面的文字介绍，知道他是张家的第二十世孙，1906 年在附近的广益中西学堂读书，1910 年在东山初级师范学堂读书，19 岁当第一任学艺中学校长，同年留学日本。那上面特意注明张资平到日本学的是地质，以及其有关于地质学的专著，似乎有意淡化他的文学生涯。

正在俯身细读，当地的朋友带来一位身材高挑鹤发童颜的老人，才知道是张资平的亲侄子，名叫张梅祥，今年 78 岁。1940 年 7 岁从印度尼西亚回国，跟母亲学制衣，算作工人，出身好，新中国成立以后才没有因为张资平的问题受到牵连。但这座老宅被充公，她和母亲住在旁边的两间茅屋。老宅后来成了生产队的队部。他去了新疆生产建设兵团。1983 年，60 岁的他退休回来，就开始找大队部要房子。他告诉我他是 19 级干部，在新疆管劳改犯，退休回来，不管多难，就是想要回老宅。终于要了回来，头一天，他站在大门口，拦住了担稻子入门到庭院晾晒的农民，告诉他这里不再是大队部了。这两年，留余堂作为客家古民居已经被市里批了下来，他现在要做的是筹措资金把老宅保护好、维修好，将来把张资平的故居也能开放出来。

我请问他为什么当年把老宅取名留余堂？他告诉我，这是 1827 年他的曾祖建的房子，他的祖父有两个儿子，希望孩子做事做人要留有余地；另一方面，留字的一种写法是上面两个口字，希望两个兄弟能够和睦。祖父的这两个儿子，哥哥便是他自己的父亲，弟弟则是张资平。

我又请问张资平当年住哪间房屋，他先对我说，这座留余堂的格局是这样的，左侧排屋的前半部分为大哥住，后半部分为二哥住，右侧排屋相反，兄弟之间，你中有我，我中有你。然后，他带我到了左侧的后半紧靠中堂的三间小屋，告我当年张资平也就是他的叔叔就在这里住。这是南北前后一串的三间小屋，开间都不大。最北面是厨房，中间是卧室，最南面是书房。书房前有一个下沉式的天井，天井的前面有花墙花窗和一方小水池，前面则可以种些花草。如今，虽然凋零得只长满青苔，但可以想象当年这里还是一处不错的景致。

张老伯又带我继续往左侧走，穿过一座拱形的月亮门，来到排屋最外一层，那里有一座小厅堂，这在客家围龙屋中极少见。他告诉我这是张家的观音厅，张家大小事都要到这里祭拜的，很灵。我问他张资平当年到日本留学离家之前到这里拜过观音没有？他说记不清了，不过应该是拜过的。但是，观音娘娘没有保佑得了张资平日后的命运。新中国成立以后，汉奸的问题，几起几落，1959 年，才 66 岁，他就客死劳改农场。

走出留余堂，看见前面是一弯半月形的池塘，池塘里绣满绿色的浮萍，在阳光的映衬下，绿缎子一样分外明亮。同行的一位朋友开玩笑说：“应该把池塘改成三角形。”这是想起了鲁迅先生当年对张资平的讽刺，以为他的小说等于一个三角形。不知道张老伯听见没听见，他指着水塘对我说：“水塘像墨砚。”

2011 年 8 月 24 日于北京

萧疏听晚蝉

读帖、习字、抄诗，是孙犁先生晚年常做的事情，既是功课，也是消遣。晚年的孙犁先生最喜欢抄录的是杜甫的诗，而且不少是杜甫的五排。这里面有什么生活思想和写作方面的原因，或更为内在的微妙曲折的心理，我常觉好奇，期待着有心人的研究。

这里，我对孙犁先生晚年抄录的一首杜诗，说一点儿自以为是的浅陋理解，就教于方家。这首诗是我在《布衣：我的父亲孙犁》一书前面的插页看到的。准确地说，是1994年11月18日，孙犁先生81岁时抄录的杜诗中的一小节。这首诗的全名为《秋日夔府咏怀奉寄郑监审李宾客一百韵》，是首五排长诗，共一百韵。这首诗在杜甫一生创作的一千四百余首诗中，地位极其重要。清人浦起龙解释："古今百韵诗，自此篇始。"这也是杜甫自己唯一一首百韵诗，就是说，是杜甫最长的一首诗。同时，它是杜甫临终前3年，即大历二年秋天写的。

指出这样两点，也许是必要的，它可以帮助我们捕捉孙犁先生和这首诗某些内在的联系。晚年的孙犁阅读并抄录的杜甫晚年最长的一首诗中的一小节，即百韵中的五韵。或许，能让我看到相隔一千多年的两位诗人某些命定相连的心理谱线。孙犁先生探究杜甫在艺术与人生都充满奇妙笔法的这首诗，我们也来探究孙犁先生这样的心理谱线上共振或共鸣之处。

杜甫写这首诗要送的郑审和李之芳这两位朋友，此时都在三峡外做官，离京城不远，而杜甫自己却在川内的夔州。久稽夔府，空想京华，三峡天堑，天远水长，无法归家，只能聊寄诗翰书札，思与远游。这是一首客在他乡的漂泊之作，是一首阻归困顿的思乡思友之作。特别是由于杜甫此时已到衰暮之年，在这首诗中他明白无误地写道："唤起搔头急，扶行几屐穿。"前半句搔头踯躅而急切的心情袒露，后半句用现在的话说就是"今天能穿上鞋，就不知道明天还能不能再穿上了"。正因为如此，杜甫在这首诗中特别写道："吊影夔州僻，回肠杜曲煎。"思乡之情格外浓郁。这里的"煎"字，可以和前面的"急"字相对应。可以看出，此时的杜甫由于年老而不得归又极其渴望归乡的心情与心境是悲伤的，甚至是颓唐的，也是急切的、浓烈的，弥漫全诗的这种调子和气氛是明显的。

孙犁先生选择的是全诗中间部分的一节。按照浦起龙的分析，这首诗一共分为10段，孙犁先生掐头去尾留中段，抄录的是其中第六段的后半部分："共谁论昔事，几处有新阡。富贵空回首，喧争懒著鞭。兵戈尘漠漠，江汉月娟娟。局促看秋燕，萧疏听晚蝉。雕虫蒙记忆，烹鲤问沈绵。"

就诗句本身而言，可以说是这首诗中最精彩的部分。可以看出孙犁先生老到的眼光。从诗意所蕴含的感情而言，则是这首诗中最沉郁的部分，可以看出孙犁先生敏感的心地。

回首往事，朋友不是已经去世，就是如郑李二位一样山水远隔。一首诗选择从这里抄起，猜想抄录时已经是孙犁先生自己的心境了吧？"局促看秋燕，萧疏听晚蝉"，恐怕更是孙犁先生自己的心情。"富贵空回首，喧争懒著鞭"则分明是孙犁先生自己内心的写照。"雕虫蒙记忆，烹鲤问沈绵"则准确无误地表达了孙犁先生对朋友的思念。文章既可以是经天纬地的大事，也可以是雕虫小技，蒙得朋友的记忆，便足可慰藉；书信往来，历来是孙犁先生恪守的交友之道，即便到了垂暮病魔缠身的晚年，也是如此。清人仇兆鳌说这一节是“伤故里难归”，是“喜知交足慰”，还应加上“叹文事喧争”“哀旧友凋谢”。孙犁先生所抄录的这五韵，紧握杜甫这首诗坚硬又湿润的核心，又委婉地道出了自己回顾一生淡泊名利场，耻于争官于朝争利于市的心灵守则，同时，表达出晚年之际思乡思友的深情厚谊，借杜诗浇胸中之块垒，镜像互映。

在孙犁先生抄录的这五韵前面，即第六段还有另外五韵：“每欲孤飞去，徒为百虑牵。生涯已寥落，国步乃迍邅。衾枕成芜没，池塘作弃捐。别离忧怛怛，伏腊涕涟涟。露菊班丰镐，秋菰影涧瀍。”浦起龙注解这五韵时说：“‘每欲’以下，忽接自己，局阵迷离。”在我看来，这五韵，第一句表达的是内心的孤独与忧虑，第二句表达的是对国家的牵挂，第三句表达了对家乡的思念。第四五句，西京之露菊，东京之秋菰，都是让杜甫最为怀念的故乡之物。尘戈漠漠，江月娟娟，却阻挠杜甫无法出川。从忧到泪，从国到家到家乡具体的影像，鲜明而多重意思的叠加，如同溪水从山崖层层流淌而下，气韵沛然，并没有浦起龙说的那样局阵迷离。它是这一段的总括，是下面孙犁先生抄录的那五韵的铺垫和大的背景，就像山有了云彩和天空的衬托，才有了自己明显的轮廓。

在这里，特别要说的是，杜诗中那种孤独而忧郁的情绪，我以为最和孙犁先生晚年吻合。记得孙犁先生逝世周年的时候，我写过一篇文章《忧郁的孙犁先生》，有朋友向我提出意见，说孙犁先生的一生是战斗的一生，怎么会忧郁呢？其实，晚年孙犁的忧郁心情与情怀，比他前期越发明显。从他所抄录的杜甫的五排长诗，就可以触摸得到那委婉有致的律动。

2011 年 10 月 8 日写毕于北京

冬夜重读史铁生

史铁生是去年年底离开我们的。今年这个时候，我的弟弟离开了我。在这种时候，别的书都看不下去，唯有铁生的书常常忍不住地翻看。我是把他们都当作自己的兄弟，十指连心的疼痛，弥漫在纸页间。

在《我与地坛》的开篇中，铁生先是这样写了一段地坛的景物：“四百多年里，它一面剥蚀了古殿檐头浮夸的琉璃，淡褪了门壁上炫耀的朱红，坍圮了一段段高墙又散落了玉砌雕栏，祭坛四周的老柏树愈见苍幽，到处的野草荒藤也都茂盛得自在坦荡。”然后，他紧接着说：“这时候想必是我该来了。”

他来了。他去了，又来了。每一次读到这里，我都格外地心动。总觉得像电影一样，在地坛颓败而静谧的空镜头之后，他摇着轮椅出场了。或者，恰如定音鼓响彻在寂静的地坛古园里一样，将悠扬的回音荡漾在我的心里，注定了他与地坛命中契合难舍的关系。当代作家中，哪一位有如此一个和自己撕心裂肺打断了骨头连着筋的特定场景，从而使得一个普通的场景具有了文学和人生超拔的意义，而成了一个独特的意象？就像陆放翁的沈园，就像鲁迅的百草园，就像约翰·列侬的草莓园，就像凡·高的阿尔？

我想起我的弟弟，17 岁独自去了青海油田，在临终前他嘱咐家人一定要把他的骨灰撒回柴达木。我庆幸，他和铁生一样都能魂归其所，而不像我们很多人神不守舍，魂无所依。

在史铁生的作品里，母亲是一个最动人和感人的形象。母亲49岁的时候过早地离开了人世后，在《我与地坛》中，有这样两段描写。

一段是——

摇着轮椅在园中慢慢走，又是雾罩的清晨，又是骄阳高照的白昼，我只想着一件事：母亲已经不在了。在老柏树旁停下，在草地上在颓墙边停下，又是处处虫鸣的午后，又是鸟儿归巢的傍晚，我心里只默念着一句话：可是母亲已经不在了。把椅背放倒，躺下，似睡非睡挨到日没，坐起来，心神恍惚，呆呆地直坐到古祭坛上落满黑暗然后再渐渐浮起月光，心里才有点儿明白：母亲已经不能再来这园中找我了。

一段是——

有一年，十月的风又翻动起安详的落叶，我在园中读书，听见两个散步的老人说："没想到这园子有这么大。"我放下书，想，这么大一座园子，要在其中找到他的儿子，母亲走过了多少焦灼的路。多年来我头一次意识到，这园中不单是处处有过我的车辙，有过我车辙的地方也都有过母亲的脚印。

后一段，体现了铁生的心地的敏感，从两个散步老人的一句简单而普通的话语里，涌出对母亲由衷的感恩和悔恨之情。敏感的前提，是善感。也就是说，是海绵才有可能吸附水分，水泥板花岗岩，哪怕是再华丽的水磨石方砖，也是无法吸附水分的，而只能让哪怕再晶莹剔透的水珠凭空流逝。缺乏这样善感的心地与真情，使得不少写作成为搭积木和变魔术的技术活儿，或者化装舞会上和摆满座签的领奖席上花红柳绿的邀宠或争宠般的热闹。

前一段，排比句式的景物中几次慨叹：“可是母亲已经不在了。”都会让我心沉重。在这样重复的喟然长叹中，那些景物：老柏树、草地的颓墙、虫鸣的午后、鸟儿归巢的傍晚以及古祭坛上的黑暗与月光，才一一都有了意义，这意义便是这一切都附着上母亲的身影。因此，可以说，地坛是史铁生的，也是母亲的，因有这样的一位母亲而让地坛具有带有伤感无奈却又坚韧伟大的别样情怀。

每次读到这里，我都会忍不住想起铁生在他的《记忆与印象》中的《一个人形空白》里的一段：“我双腿瘫痪后悄悄地学写作，母亲知道了，跟我说：她年轻时的理想也是写作。这样说时，我见她脸上的笑……那样惭愧地张望四周，看窗上的夕阳，看院中的老海棠树。但老海棠树已经枯死，枝干上爬满豆蔓，开着单薄的豆花。”

如今，重读这一段，我想起铁生，也想起他的母亲，窗上的夕阳，枯死的老海棠树，老海棠树枝干上爬满的豆蔓，开着单薄的豆花，便一下子都成了母亲那一刻百感交集又无法诉说的心情与感情的对应物，好像它们就是为了衬托母亲的心情与感情，故意立在院子里，帮助铁生点石成金。这是怎样的一位母亲呀，可以这样说，是母亲的悲惨命运和与生俱来的气质与情怀，造就了作家史铁生。我坚定地认为，没有母亲，便没有史铁生的地坛。

忍不住，也想起我的母亲。母亲走得太早，那一年，我 5 岁，而弟弟才两岁。穿着孝服，我牵着弟弟的手站在院子里，院子里没有海棠树，没有豆蔓和豆花，只有一株老槐树落满一地槐花如雪。

由生活具象而思考为带有哲理性的抽象，是铁生愿意做的，也是铁生作品的魅力，更是和我们一般写作者的区别，如同真正的大海一步迈过了貌似精致却雕琢的蘑菇泳池。他便从一己的命运扩大为更为轩豁的世界，而使得他的作品融有了思想的含量，不像我们的一样轻飘飘、甜腻腻或皮相的花里胡哨。他爱说人间戏剧，而不是像我们那样自恋得只会舔自己的尾巴、弄自己的发型、扭自己的腰身和新书的腰封。

在《想念地坛》这则文章里，铁生想念地坛里的那些老柏树，他从它们“历无数春秋寒暑依旧镇定自若，不为流光掠影所迷”中，将其品质出人意料的抽象为“柔弱”。他进而说：“柔弱是爱者的独信。”“柔弱，是信者仰慕神恩的心情，静聆神命的姿态。”他说：“倘若那老柏树无风自摇岂不可怕？要是野草长得比树还高，八成是发生了核泄漏——听说契尔诺贝利附近有这现象。”

由老柏树的“柔弱”，他写到世风的喧嚣，他说：“唯柔弱是爱愿的识别，正如放弃是喧嚣的解剂。”之所以由“柔弱”写到“喧嚣”，还是要写地坛，因为地坛曾经可以是销蚀喧嚣回归宁静的一块宝地，一个解剂——“我说的是当年的地坛”，他特意补充道。

我不知道弟弟执着梦回的青海柴达木，是否还是当年他 17 岁时的柴达木。我只知道他和铁生所说的“柔弱”一样，敏感而坚信唯有那里是“爱愿的识别”，是“喧嚣的解剂”。

在《想念地坛》最后，铁生写道：“靠想念去迈过它，只要一迈过它便有清纯之气扑面而来。我已不在地坛，地坛在我。”这两句话，特别是最后一句“我已不在地坛，地坛在我”，如一支沉稳的铁锚，将地坛如一艘古船一样牢牢地停泊在新时期文学的岸边，也将思念深深埋在我的心里。

2011 年岁末改毕于北京

从菱窠到慧园

菱窠并非真的有菱角，而是形状如菱角的一片水塘。1938 年，李劼人买下这块地方，是为避日本飞机的空袭，将全家从成都市里的桂花巷搬到这里。那时，这里已属于农村，是姓谢的一家的果园，因是战争期间，很便宜便买了下来。再外面倒是有一片菱角堰。李劼人便把自己这个新家取名叫作“菱窠”。

如今，菱窠成了李劼人故居，对外开放。就在川师大附近，随着城区的扩大，已经离城不远了。在故居的展览室里，看到了一幅老照片，李劼人的夫人领着他们的小女儿站在菱窠的门口。看那时的菱窠，门是柴门，墙是铁蒺藜蔓上竹子编的，只能叫作篱笆，想大概与当年杜甫的草堂类似，所以当年李劼人自己说是“菱角堰前一茅舍”。取名“菱窠”，与见惯的各种“堂”呀“室”呀，便大不同，窠就是窝而已。门前便是状如菱角的水塘，绣满一池荷花，不管战火纷飞，没心没肺地开放着。

如今的菱窠，大门和墙都气派了许多，道士门式样的大门虽然不大，却有着门楣、门墩和瓦檐，还有醒目的“菱窠”的匾额。门前的水塘没有了，但有一块小小的停车场，再往前紧连马路的空地，正在紧锣密鼓地大兴土木，据说是要建一片公园。以后的菱窠，便成为园中园，会有沧海桑田之感了。

走进菱窠，左侧是花草树木掩映，建筑都是白墙灰瓦铁锈红的柱子，典型川西风格。正面是一座带环廊的二层木楼，坐南朝北，西侧面是一排厢房，楼后有李劼人夫人的墓地。楼前开阔的草坪上，立有一座汉白玉的半身塑像，想一定就是刘开渠雕塑的李劼人的像了。东面有一方不大的小湖，湖边有水榭、亭台和游廊。紧靠大门的一侧，则是李劼人曾经开在指挥街上的“小雅菜馆”。院落里面除了几个工作人员围坐在藤椅桌子前在喝茶下棋，没有一个游人，偌大的菱窠幽静得很，风闲花落，空翠湿衣，仿佛远避万丈红尘的一个隐者。

显然，故居是经过精心的整修，才显得如此地花木繁盛，完全园林化了。现代作家中，能够有以自己的稿费买下的故居完好地保存下来的，已不多见。北京的郭沫若和茅盾的故居，是新中国成立后政府划拨的。老舍故居是自己买下的，尚在，但远不如这里的轩豁。至于鲁迅在绍兴会馆的故居和林海音在晋江会馆的故居，已经破败拥挤得成了大杂院。其实，当年李劼人买下的谢家果园，比现在看到的还要宽阔，足有十二亩多，各种果树繁茂，后来建校园，占了八亩，现在的菱窠只剩下了四亩左右，比原来缩小了三分之二，小多了。

李劼人的经历比一般作家要丰富得多，经历了辛亥革命、五四运动、抗日战争和新中国成立后的建设与运动。读中学的时候，赶上四川保路运动，作为中学生的代表参加了保路同志会，还和王光祈等人发起了少年中国学会，创办了《星期日》周刊。1919 年底到法国半工半读留学四年十个月，回国后当过民生机修厂的厂长，新中国成立后当过成都市的副市长。如此丰富的阅历，使得他作为作家一出手就与众不同，他的《死水微澜》《暴风雨前》《大波》三部曲，描摹辛亥革命前后时代风云的长篇巨著，开创了新文学史上多卷本史诗性的长篇小说的先河。可以看出，他的抱负气吞万里如虎，他是想做巴尔扎克《人间喜剧》和左拉《卢贡·马卡尔家族史》一样的工作，希望把“小说”写成“大说”。

故居的一楼是李劼人的起居住房，二楼是陈列室。居室完全复原当年的情景，很朴素，书房里摆一张单人床，是李劼人当年改《大波》时特别放在这里的，怕吵夫人睡觉，自己在书房里写累了就睡。故居在1959年曾经翻盖一次，用的是李劼人的稿费，那时，他的三部曲再版，《死水微澜》和《暴风雨前》的稿费先到，有八百多元，翻盖不够的费用，等《大波》的稿费到后再补上。想来那时的稿费还真的顶用。

翻盖菱窠，主要是为了安静下来仔细修改三部曲。新中国成立后，修改三部曲成了李劼人的大事，此事得失参半，留于后人评说。在书房里，我走神的是，奥地利的音乐家布鲁克纳，和李劼人一样，也是格外虚心听取别人的意见，对自己的作品一辈子都在频于修改的状态，但最后改动的结果不见得就如最初之始的如意。李劼人就是在这间书房里一直改他的《大波》，改写了四次，一直到临终的前一天还在改。无奈天不假年，他只改好了12万字，余下了30万字，如嗷嗷待哺的一只只小鸟，只能空留在书桌上了。

客厅的墙上，挂着几幅字画的复制品（李劼人的字画藏品很多，有一千多幅明清古画），其中一幅兰石图，逸笔草草，却运笔用色均不俗，仔细看，原来是号称川西孔子刘止唐之子刘豫波的画。他是清末民初成都有名的五老七贤之一，曾经是李劼人在石室中学读书时的国文老师。看画上有题跋：“既淡养心，坚定立学，三十余年此心空谷，一笑相通，还持旧说。”这里有赞许，也有期望，还有一份遗老的遗风。一打听，知道是李劼人和老师分手三十多年后，在成都的街头和老师不期而遇，老师赠他的画作。李劼人一生对刘豫波都非常敬重，他曾经说：老师“教我以淡泊，以宁静，以爱人”。大概就是刘豫波所指要坚持的“旧说”吧。

1962年底，李劼人去世后，菱窠一度荒芜。但在“文革”期间幸存，没有遭到破坏，主要因为作为了政府的招待所，后来改为库房和宿舍，一直有人住，便保留着旧貌和人气，实在是万幸，和如今一些名为故居实则新造的假古董完全不同。1959年翻盖时，故居曾经增添了一些楹联，此后重修，楹联更多，分不清哪些是新哪些是旧了。但楹联很有文学的气息，和别处不同的是，李劼人自撰的楹联很多。我非常喜欢其中1946年他的自撰联：“历劫易翻沧海水，浓春难谢碧桃花。”正是抗战胜利之时，透露他的心情，如果和那时同在成都迎接胜利的陈寅恪写的诗相比，可以看出其中的不同。一副是1962年病重后的自撰联：“人尽其才地尽其力物尽其用，花愿长好月愿长圆人愿长寿。”和他的三部曲一样，依然是宏大叙事的笔触和襟怀。还有一副，不知撰写于何年：“冷眼看空游侠传，热情涌出性情诗。”我最喜爱的，是1961年他的自撰联：“最有文字惊天下，莫叫鹅鸭恼比邻。”情趣盎然，有杜子风。

最后来到他的雕像前，作者刘开渠和他在法国留学期间就结识为好朋友，抗战期间在成都，他们两人一起发起建立了抗日救国的组织，友情弥深。雕塑家为作家雕像，如罗丹之于巴尔扎克，刘开渠和李劼人是一对剑鞘扣。但看刘开渠为李劼人塑的像，却没有那么多的感情宣泄，而以完全写实的风格，还原老朋友淡定又笃定的风貌，又因是汉白玉的材质，显得静泊，有些冷。想那时刘开渠已老，早是春秋阅尽。再看像后的基座上有张秀熟撰文马识途书写的铭文：“巴蜀天府，地灵人杰；劼人先生，一代文哲；锦心绣口，冰清玉洁；微波大澜，呕心沥血；山何巍峨，日何烨烨；缅怀斯人，高风亮节。”赞誉之辞，和塑像风格正好冷热均衡，动静相宜，山水相合。

从菱窠到慧园，并不远。但感觉却像走过了漫长的一个世纪。并不是因为巴金和李劼人作为成都双子星座的作家，一位一生扎根本土，一位19岁离开家乡，到晚年才得以归家探望，使得两者的时间距拉开得那样长。也不是因为慧园在闹市中心，与菱窠田园风的静谧，呈过于鲜明的对比。而是作为巴金故居的补充物，慧园体现了故乡人对巴金的一片深情厚意，毕竟巴金在东珠市街上的李家老宅已经不在。慧园的名字取得极好，取巴金《家》中人物觉慧的慧字，寓意多重，充满想象力，总希望能有一个让人们怀念和怀旧的地方，能够重新走进巴金，走进巴金所创造的《家》的地方。只是新建的慧园，和老的菱窠容易拉开时间的距离，建筑和树木一样，身上的年轮醒目，由老的菱窠到新的慧园，仿佛旋转舞台上的布景置换，洞中方一日，世上已百年，让我感到仿佛走了那么长的时间。

慧园在百花潭公园内。锦江之滨，花繁叶茂，天然幽韵，难得的好地方。慧园设计为二进院，院四围有游廊环绕，地方不大，却小巧玲珑。大门轩豁，门前有一小广场，叫慧园广场，修竹茂树鲜花掩映，门楣上有启功题写的“慧园”的匾额，门两旁的抱柱联为马识途书写：“巴山蜀水地灵人杰称觉慧，金相玉质天宝物华造雅园。”前院为牡丹厅，厅堂的匾额“牡丹厅”，朱家溍题写；两侧的抱柱联：“慧以觉生成家不易，国因文建明德常新。”后院为紫薇堂，匾额“紫薇堂”，史树生题写，两侧的抱柱联：“巨匠文章感召热血青年融入激流三部曲，高山品格怀念赤忱耆老坚持真话一条心。”字都是好字，以意思而论，前院一联最好，既有巴金小说《家》中沧桑历史之感，又有引申进一番行船万里今世之意，有家有国，联袂而意味幽然。

慧园是 1989 年起正式对外开放的，1987 年巴金最后一次回家乡时，慧园正在动工，巴金专门来看过，回上海后为慧园捐赠了好多物品，应该说对慧园寄予感情和希望。如今慧园前后两院的厅堂中，还是摆放着当年开馆时的陈列品，有关于巴金的生平及创作的照片、书籍和书柜等实物。只是都已经发黄，留下了虽然并不太长却已经尘埋网封的日子的痕迹。岁月真的是一个伟大的雕塑师，可以将一切雕塑成另一番模样。没有感到“慧以觉生”的意思，倒是真的感到几分“成家不易”的样子，因为眼前的慧园不再像是觉慧的家，而像是出租他用一般，满眼都是茶客，厅堂、院子里，连走廊里都摆满了桌椅，茶香缭绕，人声鼎沸。前院还专门设有家宴，广告牌上标明两种规格：268 元一桌含 10 杯茶，1888 元一桌含 10 杯茶。四周的巴金的一切老照片、老书籍、老物件，都在陪伴大家喝茶，任流年碎影和眼前的茶香花影交织，真的有些不知今夕何年之感。

20 年前，我第一次来慧园，那时慧园刚建成开放不久，一切恍若梦中。那时，虽然前院在举办盆景展览，毕竟只是盆景，悠悠韵味，和书香谐调。而且，将慧园扩展功能，吸引更多人到此流连，也是相得益彰之事。不过二十多年，慧园却变成了茶馆和家宴，总让人有些惘然。忍不住想起坊间流行的民谚：巴金不如铂金，冰心不如点心。

幸亏大门前的慧园广场，还如以前一样的安静。树荫竹影下，有花香袭来。正面，有叶毓山雕塑的晚年巴金拄着拐杖的全身青铜像，一侧有一方长石上镌刻着冰心的题词“名园觉慧”。让人感到巴金和冰心两位老朋友，还在并肩一起，睿智却也宽容地看待眼前的一切，或许会说我不必自作多情，文学本来就不是什么非登大雅之堂不可的事，和乡亲们一道喝喝茶，吃吃饭，有烟火气，有乡土气，有什么不好？到慧园而能觉慧者，那不过是额外的赠品。

2012 年 3 月记于成都

2012 年 7 月写于新泽西

铁木为什么只有前传

——孙犁先生逝世 10 年纪念

对于 20 世纪 50 年代的中国文学而言，孙犁先生的《铁木前传》，无疑是一朵奇葩。那个时代普遍意识形态的观念超乎美学追求的文学，特别是同类以农村合作化为主题的文学作品，《铁木前传》凸显的异质性，使其成了凤毛麟角。有一个问题，一直困惑着人们：为什么只有前传而没有后传呢？

孙犁先生在世时，回答这个问题时说，在写作《铁木前传》第 19 章时跌了一跤，然后大病了两三年，便匆匆写了最后的第 20 章草草收兵而无以为继。事情恐怕不那么简单。在孙犁先生逝世 10 周年的日子里，重读《铁木前传》，试图从文本出发，寻觅这一秘密的蛛丝马迹。

读这部小说，如同剥笋，最外面一层是农村合作化；中间一层是时代巨大变迁中友情和爱情的失落；最内一层是人际关系的变化和人性的触及。显然，最外面一层只是包饺子的皮，馅都在里面。最有意思的是，小说后面，主人公铁木二匠尤其是铁匠已从主角的位置退后，而使后出场的满儿成了主角。满儿也成为整部小说最出彩的人物。这种小说重心的位移，是孙犁先生有意还是无意为之，或是原来计划尚有后传而有新的情节铺设？我以为这是解读小说并揭示小说为何只有前传的关键。

尽管小说中，不止一次用了“放荡”一词说满儿，也有“胸部时时磨贴在干部脸上”，和六儿逮住鸽子让鸽子亲嘴配对的轻佻细节，但在具体的描摹中，可以看出他对满儿是充满同情的。孙犁先生为满儿设置的前史：一是孤儿，二是寄生的家庭包娼涉赌，母亲和姐姐都不检点，三是婚姻包办。也就是说，满儿身上既有毛病，心里也有苦闷，并非单一平面化。所以，才有了这样的描写：“她脸上的表情是纯洁的，眼睛是天真的，在她的身上看不到一点儿邪恶。”也才有了平常不爱开会，宣传婚姻法的学习却主动参加的描写。乃至有了和姐姐吵架之后独自跑到村西的大沙岗，看到一株小桃树被风沙压倒在地，她刨土把树扶正，然后掩面啼哭，那种顾影自怜明显带有象征意味的场景。

最精彩的是小说第 17 章，满儿与干部参加学习会，成为小说的华彩乐章。从开始的明显不高兴，到磨磨蹭蹭做饭，趁机逃跑不成，到转被动为主动，一路上作弄干部，一直到了庙中的高潮，写得一唱三叠，摇曳生姿。在庙中，是满儿咏叹调的独唱。她唱了两段发自内心深处的自白，一是庙会期间的夜间，青年男女像鸟儿一样自由自在从麦地里飞进飞出；一是抗战时游击队在庙的大殿里狙击敌人，尼姑送子弹，后来她们都还了俗，有一个最漂亮的尼姑嫁给了村副主任的儿子。然后，她感叹道：“那么热闹的时候，我没有赶上。”两段唱段的主题一致，即恋爱自由和婚姻美满。以致最后她说到有一个尼姑恋爱不自由吊死在庙里的时候，“脸色苍白，眼睛向上翻着，说着听不明白的话，眼睛流出泪来”。几乎扑倒在干部的怀里，大声地喊叫：“我看见了她！我看见了她！”如此，将唱段在最高潮处收尾，麦地里的青年男女——庙里送子弹的尼姑——吊死的尼姑，呈递进关系，其内心的痛楚，便不是“放荡”一词可以囊括的了。

在满儿身上，明显集中了孙犁先生的“同情”之心。实际上，孙犁先生

16 岁发表的第一篇小说（写一家盲人的不幸），便寄予了同情，他谈及此时说过："我的作品，从同情和怜悯开始，这是值得自己纪念的。"在谈到《铁木前传》的写作时，孙犁先生特别谈到了真诚，认为这是现实主义的特点之一，同时，他还特意强调"真正的现实主义"。提及"同情"和"真诚"这两点很重要。孙犁先生最初接触现实主义文学，是读了叶圣陶先生的小说集《隔膜》之后。叶圣陶先生在当时主张的恰恰是"同情"和"真诚"，1921 年出版的《文艺谈》一书中，他认为这两点"是作家应该培养起来的品质"。根据这一原则，他分为"诚的文学"和"不诚的文学"，指出要做"真的文艺"。叶圣陶坚持的这种现实主义的创作伦理，也是孙犁先生一以贯之的。因此，我们才会发现为何在当时有关农村合作化的写作中，独孙犁先生的笔下没有那样意念在先吞吐时代风云的人物，而将同情的笔墨倾注于满儿这样的边缘人物上。"同情"和"真诚"这两点朴素的创作底线，便也成了孙犁先生美学追求的防线，他不愿意将简单的配合宣传的功利主义，凌驾于自己的美学追求。他明确地表示过："那种所谓紧跟政治，赶浪头的写法，是写不出好作品的。"

正是因为满儿的出现，加剧了孙犁先生当时文学创作的困惑与犹豫之情。因为小说中的主人公铁木二匠尤其是倾注更多笔墨的木匠，同满儿一样也不是吞吐时代风云的主人公。也就是说，同样不是属于描写合作化的新人物。木匠梦想打造一挂自己堂皇的马车的现实和必将遭遇的风波，让木匠成了老舍笔下《骆驼祥子》里的祥子和柳青《创业史》里梁三老汉的集合体。那么，满儿这一形象则是五四文学娜拉和延安时期文学改造二流子的矛盾体。这样人物的性格与人性发展，本身潜在的矛盾，在农村剧烈变革期中的纠葛，便会显得越发地难以处理。因为这是在当时文学人物谱系中没有的，便会在当时讲究革命现实主义的文学语境中难以伸展，甚至遭受厄运。因为在以往形成定势的经典模式的叙述和描写中，满儿以青春和人性质疑并还原生活的内在矛盾，其人物塑造的修辞方式，将面临挑战。既然无力补天，又无意追风逐浪，不能去做当时李准《不能走那条路》一样观念性的直白呼喊，那么，索性戛然而止，也是写作的一种姿态的选择。

同时，孙犁先生也无法做到如柳青一样，因为《创业史》中的主人公梁生宝是位没有前史（因是孤儿）的横空出世的英雄人物。无论满儿还是铁木二匠，都是有着丰富前史的人，都有一个从旧农民蜕变为新农民的问题。无论铁木二匠的友情，还是满儿和九儿的爱情与婚姻，那种委婉有致的失落、怅惘与追求，都不是如梁生宝一样可以甫一出现即可瞬间缔造完成，而是要从前史到前传，再到后传，有一条漫长的时间延续的磨砺，才能彻底舒展开来的。这种时间性带给小说人物并带给孙犁先生自己的焦虑与担忧，在 1956 年写作《铁木前传》之后的时间点上凝聚并加剧，让他会觉得仅凭“同情”和“真诚”而于事无补。而让他违心地巧置新人（小说中的四儿和后面的九儿都不如满儿精彩），或者强化和改建主题意义的框架，为其后传化险为夷，他显然又不愿意。

孙犁先生曾说“我的胆子不是那么大。我写文章是兢兢业业的，怕犯错误”，是实在的话。同时，他又强调作家的“赤子之心”，说：“把这种心丢了，就是妄人，说谎的人。”我以为，这两段话，可以作为孙犁先生不愿意和不可能为《铁木前传》作续的心理注脚。孙犁先生还说过：“过去强调运动，既然是运动，就难免有主观，有夸张，有虚假。作者如果没有客观冷静的头脑，不做实际观察的努力，是很难写得真实，因此也就更谈不上什么艺术。”这段话可作为创作思想的注脚。铁木只有前传，便是再自然不过的事情了。因为，《铁木前传》发表之后，反右倾斗争等接踵而至，对于孙犁先生，便只有一再感喟《铁木前传》是让自己“几乎丧生”的“不祥之物”的份儿了。

《铁木前传》中，还有一个特别现象，便是在这部第三人称的小说中，只有前两章中出现了第二人称的插语。然后，便是最后第 20 章第二人称的匆匆结语。那么，这个已经在前两章中连续出现的第二人称，为什么会在中间 17 个漫长的章节中消失？是无意的消失，还是有意的延宕，为了以后的灵光再现？这个现象，或许有助于解读《铁木前传》为什么只有前传之谜。

第 1 章，出现在孩子们看铁匠打铁之后：“如果不是父母亲来叫，孩子们会一直在这里观赏的，他们不知道，到底要看出什么道理来？是看到把一只门吊儿打好吗？是看到把一个套环接上吗？童年啊，在默默注视里，你们想念的，究竟是一种什么境界？”

第 2 章，出现在六儿和九儿玩失一只田鼠躲在碾房里六儿睡着后：“童年的种种回忆，将长久占据人们的心，就当你一旦居住在摩天大楼里，在这碾房里一个下午的景象，还是会时常涌现你沉思的眼前吧？”

这两段，都是以童年为视角的回忆。谈到《铁木前传》这部小说，孙犁先生首先强调自己“童年的回忆”的作用。“童年的回忆”便至关重要，它不仅使得这部小说在当时时代主题以个人叙事的修辞策略变体来进行，而且，童年回忆将作用于当时现实的生活，个人情感的变化与失落，与童年时光的流逝，使得小说有了因流动的时间感而带来沉浮的命运感，而不仅仅是合作化的时代感。

那么，问题是谁在回忆？回忆的意义是什么？显然，不是铁木二匠的回忆，因为回忆中有对铁木二匠诉说的影子。也不是作者的回忆，虽然前面出现了一次“我”突兀的介入。最有资格和能力回忆的，是九儿。因为最美好的童年，是她哀伤的失去。如果这样的推断可以成立，那么小说后面的主角应该是九儿。但是，主角的位置无可奈何地偏移到了满儿的身上，回忆的视角便中断了。而如何处理满儿在跟随六儿赶着大车外出后的跌宕命运，又如何处理九儿和父亲和四儿一起入社后的新生活，显然，孙犁先生显得有些犹豫，甚至莫衷一是。特别是前者，如果处理成和《创业史》里郭世富、郭振山一样发财致富而对入社彷徨甚至抵触的话，便流俗而图解，鲜活的满儿这个人物走向，更难以为继。

因此，第二人称在后面 17 章的中断，便不是偶然的，同样可以看出孙犁先生在《铁木前传》越往后的写作中，越显得困难和困惑。最后一章，勉强拾起第二人称，并不是为了和前两章的呼应，而显得勉为其难，说得有些大。前传到此戛然而止，便也是命中注定。这是孙犁先生的宿命。

记得孙犁先生逝世时，我曾经说对先生最好的纪念方式，莫过于老老实实认真读他的书。谨以此文，纪念孙犁先生逝世 10 周年。

2012 年 7 月 3 日写于新泽西

孙犁先生百年祭

——重读《曲终集》

孙犁先生诞辰100周年的日子里，重读孙犁先生最后一部著作《曲终集》。“曲不终，而人已不见；或曲已终，而仍见人。此非人事所能，乃天命也”。在这本书的后记中，先生如是说。和4年前写文集续编序时说“晚年文字，已如远山之爱”，颇不一样。

这本书中，所录为1990年至1995年的文字。是孙犁先生77岁至82岁假笔转心的神清思澈之作。限于篇幅，我只谈书中关于传统意义的散文部分。这部分，只占全书的八分之一左右，但我以为更容易看出先生的前后思想和情感以及文体的前后衔接与变化。

这样的文章，包括记人与叙事两种。记人，如《记陈肇》《悼康濯》《记秀容》《寄光耀》等文坛故旧，基本延续了以往的风格，依然属弥漫着旧交唯有青山在的浓郁情感。《新春怀旧》中的《东宁姨母》，《暑期杂记》中的《胡家后代》，几篇记述乡亲的，意味却有所不同。

新中国成立前，姨母随丈夫闯关东后，积攒一些钱寄回家乡，孙家帮助代买了几亩地，并代为耕种。新中国成立后，姨母的孩子看到了孙犁先生的小说，告知姨母，全家都很高兴。“文革”后，恢复工资，老伴去世，孤独苦闷，思念远亲，孙犁先生给姨母的孩子寄去30元钱，“想换回些同情和安慰”。谁料到，烧香引出鬼，这位叫作志田的表哥“来了封信，问起他家那几亩地，有些和我算账的意思”。从此，孙犁先生再也没有给这位表哥写过信。

新中国成立前，孙犁先生和母亲曾经在安国县干娘胡家借住过，认得胡家长子志贤和他的女儿俊乔。新中国成立之初，志贤到天津找过孙犁先生，并告之俊乔正在天津护士学校读书。但是，俊乔一直没有找过孙犁先生。1952年冬，孙犁先生到安国下乡，买了点心去看望胡家，还给生活已经很困难的胡家留下一点钱。40年后，“有人敲门，是一位老年妇女。进屋坐下之后，自报姓名胡俊乔，我惊喜地站起来，上前紧紧拉住她的手”。叙旧之后，方知她是来托孙犁先生办事的。但是，这样的事，让“和任何有权的人都没有来往”的孙犁先生很为难，也为无法帮助乡亲而感到很是遗憾。

这两篇写乡里的文章很短，却都横跨了新中国成立前、新中国成立初期以及现在这样三个时空，融进了时代的变迁、世事的沧桑和人生的况味。胡家小妹和志田表哥，和孙犁先生以往写作中那些战争年代里荷花淀里的乡亲，完全不一样了。那种在艰苦中依然清纯的形象，恍若隔世。无论胡家小妹为生活所迫找上门来，还是志田表哥在金钱时代只认钱了，都和孙犁先生前期笔下的荷花淀人物，乃至后期怀念那些逝去的文坛故旧，形象都大不一样，颇有些鲁迅故乡人物的影子。其写作的心境也大不一样，甚至让孙犁先生心情沉重。

在这本书的另一篇文章中，孙犁先生写过这样的一段话：“我不愿意重会多年不见的朋友，还有一个原因，就是相互之间的隔膜和不了解。人家以为我参加工作早，老干部，生活条件一定如何好，办法一定如何多。其实完全不是那么回子事，一见面会使老朋友失望，甚至伤心。”我以为，这是晚年孙犁先生的重要心境，是他倾情读书观画读帖习字的重要心理背景，也是他对于人生和世事新认知与解读的时代背景。

同时，我们也就愈发明白，为什么孙犁先生晚年一再感喟故园的消失。在《曲终集》中，有关叙事的文字，重要的一篇便是《故园的消失》。写老家的三间老屋的命运，几十年风雨飘摇，万幸的是依然健在，成为家乡的一个念想，一个象征。这时候，村支书带着几个人来到孙犁先生家，期待的是捐资建个小学校。老屋一下子被推到了主角的位置上。孙犁先生开门见山对来者说：“村里传说我有多少钱，那都是猜想。”然后，随手拿出一本新出版的散文集，说这本书写了一年，才得稿费 800 元。最后，他提出两种方案：或出 2000 元，或把老屋拆了卖了，自己再出 1000 元。来者很失望，勉强同意后者。报纸宣传孙犁先生捐资兴学的消息一出，乡长带着人又来了，一要以孙犁先生的名字命名这座新建的小学校，一是请孙犁先生为小学校题写校名，都被孙犁先生婉辞。

至此，孙犁先生有一段内心独白：“老家已是空白，不再留一草一木，一砖一瓦。这标志着，父母一辈人的生活经历、生活方式、生活志趣、生活意向的结束，也是一个从无到有，又从有到无的自然过程。”可以说，这和上面提到的两篇文章互为镜像。前者写的是人，后者写的是物，两者合为故园，交相的消失，才是真正的消失，才会使得心情怅然而忧郁。

《曲终集》中，还有一篇重要的叙事散文《残瓷人》。这是一篇杂糅回忆与感喟、历史与现在、偶然与莫测，以个体出发深入人性与时代的佳构，以具象到抽象而使得瓷人成为一种隐喻和象征。一个在 1951 年花了 16 卢布在国外买回来的小瓷人，经历了“文革”抄家，地震震荡，都没有丝毫损坏，却因一场雨，房顶漏雨掉下一块天花板而将小瓷人的双手砸断。短小的篇幅里，写得风生水起，淋漓尽致。最后，他引老子的话“美好者不祥之器”沉郁而戛然收尾，深深显示出孙犁先生晚年忧郁难舒的性格与情怀。这种情怀，延续了他从戎马生涯的青年时代忧国忧民的情怀，对时代和现实的关注和介入，并没有因为年老而变化，这和热衷于热热闹闹的文坛准官场、一味歌功颂德的时令作家拉开了明显的距离；这种性格，则是晚年的一则明显的变化，这种变化，使得他晚年生活越发孤独和郁闷难解，却也在某种程度上帮助了他晚年文体风格形成深刻的变化。

说到孙犁晚年文体的风格特征，我以为可以用简约派来比拟。过去讲唐诗时说“郊寒岛瘦”。这个“寒”和“瘦”字，可以概括为这种简约的特征。“寒”指的是冷峻；“瘦”指的是清癯。冷峻，更多的是指内容所具有的内敛的思想力度和批判锋芒；清癯，更多的是指文字删繁就简的浑然天成和意境平易却深远的水天一色。这应该是孙犁先生晚年一种自觉的追求，这种追求，既是思想的追求，也是美学的追求。他崇尚古人说的：“叙事之功者，以简要为主。”他说过：“人越到晚年，他的文字越趋简朴，这不只与文学修养有关，也与把握现实、洞察世情有关。”同时，他特别喜爱“大味必淡”和“大道低回”两个词语，曾多次抄录，乃至置于自己的书房。

这在《曲终集》里，得到充分的体现。以《残瓷人》做说明。瓷人从樟木箱到稻草筐到书案，再到稻草筐，件件细节相互衔接映衬，将看不见的心情写得那样真切，干净得没有多余的枝杈，一枝风霜之后的老梅一般瘦骨嶙峋而暗香浮动。可以想见，如此简约，来自谋篇布局时的精心构制，方才榫卯丝丝入扣，用的绝不是叮当直响的钉子活儿。

同样，在《胡家后代》里，仅仅一句话“当时土改后，他家的生活已经很困难”，土改后什么样的人生活很困难呢？无限的时代与人生，以及胡家小妹的万般无奈来托孙犁办事，和孙犁先生自己的深深的遗憾，都在这简约词语背后的留白里面了。庾信文章老更成，这就是简约的力量和魅力。

2013年5月13日写毕于北京

想起张纯如

那年，我在普林斯顿住了半年。常常会到普林斯顿大学的校园和小镇的老街上转。那时，我知道张纯如出生在普林斯顿，曾经寻找过她的住处。但是，只找到美国黑人歌手保罗·罗伯逊的出生旧地，却无从打听得到她家曾经住过的地方。我也曾经到普林斯顿大学附属医院去过，一般新生婴儿都会是在那里降生，但是，宁静的医院里，只有我的脚步声，没有一点儿声音，也没有她的一点儿信息。其实，张纯如和她全家早就从普林斯顿搬走了。

2004 年，张纯如在她的小汽车里开枪自杀，让我分外震惊。那一年，是她的本命年，她才仅仅 36 岁。真的实在是太年轻了。

知道她，是从她的《南京暴行——被遗忘的大屠杀》那本书开始。那是 1997 年的年底。那一年的夏天，她曾经独自一人来到南京，采访南京大屠杀的幸存者，收集存活在南京的档案材料。后来知道，其实早在 3 年前，即 1994 年她就辗转世界各地开始进行她的采访和收集材料的工作了。面对这样一段庞大的又是啼泪带血的历史，全部都是由她这样一个年轻的弱女子承担，实在是够难为她的了。

她用 3 年的时间，马不停蹄在世界很多地方采访收集材料，才完成的这部书，当时让我想起并感慨我们如今不少所谓的报告文学，倚马可待，速度惊人，洋洋洒洒，就可以如水发海带一样成书。同时，又有多少是在宾馆红地毯上的写作。

如此两相的差距，当然不仅是写作的时间，更是写作的态度和价值的取向。她就是以这样的态度和取向，过于沉浸在她的写作和那段残酷的历史的交集之中，否则，她不会选择自杀。如果在这个世界上，真的有人用自己的生命在写作的话，她应该算是为数不多的一个。

当我看到她的《南京暴行——被遗忘的大屠杀》翻译成中文出版的时候，除了为书中所揭示的史实感到震惊之外，还感到有些羞惭。南京大屠杀的历史，日本有人死不承认，或不敢面对，对于我们中国人而言，这是一段人所共知的历史。很多历史学人一直在研究并挖掘这段历史，以前也曾有过徐志耕的纪实作品《南京大屠杀》。但是，并没有更多的中国作家走进这段历史，并像张纯如一样去以自己的生命追溯并书写这段历史。包括我自己在内，我也曾经写过报告文学。

后来，终于看到了严歌苓的小说和张艺谋的电影《金陵十三钗》，但毕竟是后来的事了。而且，在他们的作品中，能够看到张纯如书写南京大屠杀的历史的影子。

当一切事过境迁之后，战争的硝烟化为节日绚丽的焰火，流血成河的地方变成红花一片，历史的记忆很容易被抛却在遗忘的风中。如果没有对于那场战争血淋淋的揭示而引发我们的愤怒，和对自身怯懦、冷漠和无知的羞惭和自省，所谓反思便是轻飘飘的，是不会痛及我们的骨髓的，而只会沦为一种庄严的仪式。特别是如今有些涉及抗日战争题材的影视作品，却将战争搞笑式的儿戏化或卡通式的漫画化，敢于面对历史残酷并让我们自身警醒有着强烈在场感的作品，无疑是难能可贵的。

张纯如对于我们的难能可贵，不仅在于她的勇气和良知，同时，在于她的写作并不仅仅是对于已有材料的占有和梳理，然后加一些感喟的罗列再现，而是有她自己的发现。这种发现，来自她艰苦的工作，在浩如烟海的材料中沙里淘金的结果。是她发现了《拉贝日记》和《魏特琳日记》，为南京大屠杀找到新的有力的证据。她的书，便不囿于文学窄小的一隅，而是让历史走进现实，让文字为历史证言，为心灵和良知证言。

有了张纯如的这本书，才有了后来美国的纪录片《南京》，而让这段历史再一次血淋淋而触目惊心地走到世界的面前。我一直以为，这样一部纪录片，应该是由我们来拍摄才是，才对。我们自己曾经经历过的伤痕斑斑血泪斑斑的痛史和恨史，我们却没有美国人的敏感和使命感。也许，我们不是不能够做到，而是没有想到去做到。

在我国设立南京大屠杀首个国家公祭日的前夕，我在央视看到了五集电视纪录片《一九三七南京记忆》的第一集，主要介绍的就是张纯如。当我看到那样漂亮、那样风华正茂又是那样正气凛然的张纯如的时候，禁不住老泪纵横。在电视纪录片中，我也看到了她的父母。她去世那一年的年龄，和我的孩子今天一般大，都是做父母的人，我可以理解他们失去女儿的心情。同样，我和他们一样，怀念这位可爱又可敬的女儿。

张纯如只出版过三本书。我想起我自己，出版的书的数量，远远超过了她。但有的时候，真的不是以数量论英雄。记得陈忠实曾经说过，一个作家一辈子要有一本压枕头的书。张纯如有这样的一本书。对比她，我很惭愧。

看完电视的那天晚上，我半夜都没有睡着，打开床头柜上的台灯，趴在床头，写了一首小诗，表达我对张纯如的敬意——

纯如清水美如霞，魂似婵娟梦似侠。

叶落是心伤日月，剑寒当笔走龙蛇。
袖中缩手荒三径，纸上刳肝独一家。
直面当年大屠杀，隔江谁唱后庭花？

2014年12月13日写于第一个国家公祭日

想念王火先生

在成都，老作家中有百岁老人马识途在，一览众山小，其他的老作家显得都像小弟弟，很容易被遮蔽。其实，在成都还有一位老作家，今年91岁高龄，是王火先生。

王火一直低调行事，再次出现在人们的视野，是他的新书《九十回眸——中国现当代史上那些人和事》出版，恰逢今年反法西斯战争胜利70周年。当年，刚刚从复旦大学新闻系毕业的21岁的王火，凭着他年轻的一腔热血和良知，采写了南京大屠杀和审判日本战犯和汉奸的新闻报道。

1947年，他在上海《大公报》发表了《被侮辱与被损害的——记南京大屠杀中的三个幸存者》。这三个幸存者：一个是南京保卫战的担架队队长国军上尉梁廷芳，一个是十几岁的小孩子陈福宝，一个是被日本兵强奸并残酷毁容的姑娘李秀英。可以说，王火是第一位报道南京大屠杀中国记者。

1947年，我刚出生。

1997年，我第一次见到王火。他已经73岁，但我一点儿看不出来他有这样大的年纪。他身材瘦削，身着一身干练的西装，更显俊朗挺拔。一看就是一介书生，温文尔雅，曾经血雨腥风的岁月，似乎没有在他的身上留下一丝痕迹。那时，我们一起访问欧洲，他是我们中国作家代表团的团长。他的三卷长篇小说《战争与人》刚刚获得茅盾文学奖，但是，看不出一丝春风得意的痕迹。他是一位极谦和平易的长者。

那一次，我们一起访问了捷克、塞尔维亚和黑山共和国，以及奥地利。我和他一直同居一室。他步履敏健，谈吐优雅，颇具朝气。最有意思的是在塞尔维亚，常有诗歌朗诵会，最隆重的一次是在贝尔格莱德的共和广场，四围是成百上千的群众，来自25个国家的作家都要派一个人登台朗诵。王火居然派我赶鸭子上架。我根本不写诗，儿子正读高二，爱写诗，只好临时朗诵了儿子的一首小诗。下台后，他夸奖我朗诵得不错，我觉得只是鼓励，他比画着上下起伏的手势，又说：真的，刚才一位日本诗人夸你朗诵得韵律起伏呢。

在捷克，我向他提出希望能够到音乐家德沃夏克的故居看看，但行程没有安排。他知道我喜欢音乐，便向捷克作协主席安东尼先生提出，希望满足我的这个愿望，年过七旬的安东尼先生亲自开车，带我们到布拉格外30公里的尼拉霍柴维斯村。那里是德沃夏克的故居，房前是伏尔塔瓦河，房后是绵延的波希米亚森林，是我见到的捷克最漂亮的地方。

在布拉格，王火先生向我们提议，一定要去看看丹娜，为她扫扫墓。那时候，我学识浅陋，不知道丹娜。他告诉我，和鲁迅有过交往并得到鲁迅赞扬过的普什科是捷克的第一代汉学家，丹娜是捷克第二代汉学家，对中国非常有感情，编写了捷克第一部《捷华大词典》，翻译过艾青等作家的作品。可惜，1976年车祸丧生。这二十多年以来，一直没有中国作家看望过她，咱们是这二十多年来捷克的第一个作家代表团，应该去为她扫扫墓。那一天，布拉格秋雨霏霏，我们跟着他，倒了几次地铁，来到布拉格郊外很偏僻的奥尔格桑公墓，找到被茂密林木和荒草掩盖的丹娜的墓地。我看见雨滴顺着王火的脸庞和风衣滴落，还有他的泪滴。我发现他是极其重情重义的人，即便是素不相识的丹娜，也是寄托着一份真挚的情感。

印象最深的是在维也纳。到达时已是夜幕垂落，车子特意在百泉宫绕了一个弯，让我们看看那里美丽的夜景，然后驶向前面的一条小街。堵车像北京一样，车子不得不停了下来，我们只好隔着车窗看夜景。王火一眼看见车前一家商店闪亮的橱窗，情不自禁地叫道："我女儿也来过这里！"这让我有些吃惊，吃惊于平常一向矜持的他，竟然叫出了声；也吃惊于我们都是第一次来维也纳，他怎么这么肯定这里就一定是女儿来过的地方？他肯定地对我说："我女儿去年来过维也纳，就是在这个橱窗前照过一张照片，寄给我过！"我知道，他的小女儿在英国。橱窗明亮的灯光，在他的眼镜镜片上辉映，那一刻，一个父亲对女儿无限的情思，毫不遮掩地宣泄在他的眸子里。

维也纳那一夜的情景，已经过去，18 年，依然恍若眼前。真的，做一个好作家，做一个好父亲，做一个好朋友，还有，做一个好丈夫，也许都不难，但能将四者兼而合一，都能像王火做得那样地好，并不容易。

一晃，18 年过去了。除了在北京开会，我见过王火（他还专门请我吃西餐），一直没有再见过他。这中间，我们偶尔通信，彼此问候，更多是他读到我写的一点儿东西之后对我的鼓励。他的夫人凌起凤去世，对他的打击是最大的。他对我说过，他的夫人是民国元老凌铁庵之女，正经的名门闺秀，他们的爱情在他的新书《九十回眸》中有专门的描述，可谓乱世传奇。当年，夫人在香港，为了能回内地和他结婚，佯装跳海自杀，算得是蹈海而归。日后的日子，跟着他颠沛流离，对他支持很大，他称她是自己的"大后方"。在他的信中，在他的文章中，我都体味到他对相濡以沫的夫人的那一份深情。

说实在的，无论隔空读他的信，还是直面和他接触，都没有感觉他的年纪会这样大。读他的信，信笺上字体非常流畅潇洒；和他交谈，更觉得他思维敏捷而年轻。没有想到，他居然一下子91岁了！

去年年初，曾经寄他两本我新出版的小书，其中一本《蓉城十八拍》，是专门写成都的。在成都时赶着采写这本书后马上去美国，行色匆匆，心想下次吧，便没去看望王火。他接到书后给我写了一封信，责备我道：“惠赠的两本书里，出我意外的是《蓉城十八拍》。看来您是到过成都的，在2012年。您怎么没来看看我或打个电话给我呢？我可能无法陪您游玩，但聚一聚，谈一谈，总是高兴的。您说是不？”

在同一封信中，他这样说：“匆匆写上此信，表示一点想念。我身体不太好，但比起同龄人似乎还好一些。如今，看看书报，时日倒也好消磨，但人生这个历程，在我已经是快达到目的地不远了。”读到这里的时候，我的心里非常难受，更加愧疚去成都未能去看望他。放翁有诗：旧交只有青山在，壮志不因白发休。王火先生，请等着我，下次去成都看您。我从心底里祝您长寿，起码也要赶上您的老友马识途，超过百岁！

写完这则短文，眼前总是浮现王火的身影，心里久久静不下来，接着写了一首小诗，遥寄王火先生，以释远念：

九十回眸雨后晴，当年挥笔在南京。
白头痛说忠和义，碧血惊书战与争。
老树已随双凤舞，大山犹见一江横。
蓉城春色来天地，依旧文章火样情。

这里说的“双凤”，指的是他的两个女儿。如今，他都已经有了外孙子和外孙媳妇了。祝福他的全家！

2015 年 5 月 6 日立夏日写于北京

第二辑　花间补读未完书

花间补读未完书

田增科老师到澳洲去了。这是他第三次去。我隐隐地感到，这一次，他大概不会再回来了。他的两个孩子在那里，另一个在意大利，国内已经没有他的亲人了。几个孩子在国外干得都不错，执意要接他们老两口出去，尽尽孝心。

我忽然觉得一下子非常落寞。在偌大的北京，我没有任何亲戚，连八竿子打不着的都找不着一个。田老师，已经是我在北京唯一的亲戚了。我和他交往了近四十年了，过了我的人生的一半，也过了田老师的人生的大半。岁月，让人的感情发生着变化，就像葡萄在时间的催化下变成酒一样，浓郁芬芳醉人。

我在汇文中学上初三，田老师教我语文。那时，我15岁，田老师刚刚大学毕业，我们开始了这长达37年的交往。这中间，是他帮助我修改了我的一篇作文，并亲自推荐参加了北京市少年作文比赛，获得了一等奖。那是我的第一篇变成铅字的文章，如果没有这样的一篇文章，我会那样迷恋上文学吗？我今天的道路会不会发生变化？我有时这样想，便十分感谢田老师。我永远难忘他将我的那篇作文塞进信封投递进学校门前的绿色信筒里的情景；我也永远难忘当我的这篇文章被印进书中，他将那喷发着油墨清香的书递到我手中时比我还要激动的情景。那是一个细雨飘洒的黄昏。

这中间，还横躺着一个“文革”。说来我当时也许真是十分的可笑，我自以为自己才是革命的，而认为田老师当时有些保守，因为我们两人当时参加的并不是一个战斗队，有一段时间，我和田老师疏远了。可是，在我要到北大荒插队的时候，我以为田老师不会来送我了，田老师却出现在我的面前。在那些个路远天长、心折魂断的日子里，田老师常有信来，一直劝我无论在什么样艰苦的条件下千万不要放下笔放下书。在那文化凋零的季节，他千方百计从内部为我买了一套《水浒》和一套《三国演义》，在我从北大荒回家探亲假期结束要回北大荒的前夕，赶到我的家里把书送来。那一晚，偏巧我去和同学话别没有在家，徒留下桌上的一杯已经放凉的茶和漫天的繁星闪烁。

这中间，我和田老师先后结婚，先后为老人送终。他生下两女一子，我生下一个儿子。在那一段一根扁担挑着老少两头的艰辛的日子里，我待业在家没有工作，他鼓励我别灰心，并借我他的《苕溪渔隐丛话》《中国画论辑要》《人间词话》《红楼梦》等书，并送我一个笔记本，劝我再苦再难。读书是必要的，要相信乾坤有眼、时序有心，要相信艺不压身，学问终有需要的时候。

这中间，我发表的第一篇文章，是他看后觉得不错，亲自骑上自行车跑到报社替我送到编辑的手中，并郑重地推荐给人家的。那篇文章，他至今保留如初，并保留着我中学的作文本。

这中间，他出版的第一本书，特意约我来写序言，我说：“这本书中的这些篇章并不是为文而文，而是一位老教师在和你坦率真挚地谈心。悠悠读来，我仿佛又回到学校，重温坐在教室里听田老师讲课时那一片温馨，它曾伴我度过少年而渐渐长大。”

这中间，我和田老师一样，做上了中学和大学的老师。我刚刚开始给学生上课的时候，田老师都曾经骑着自行车到学校专门听我讲课。我教书的中学在郊区，比较远，但他还是早早就到了。听说他的学生要给更为年轻的学生讲课了，他的心情显得有些激动。田老师走进校园，我看到许多学生趴在教室的窗前好奇地看。那一次，他回家迷了路，兜了好半天的圈子才回到家。那次他到我教书的中央戏剧学院来听我讲课，我讲的是朱自清的《背影》，下课后，他告诉我文章中的一个字我读错了，另外除了应该结合朱自清先生的自身经历，还要结合当时的时代背景，会对文章的内涵理解得更深刻些。我送他一直到学院门口，看着他骑上车在冬天的风中远去，一直到看不见他的背影为止，我才发现自己的手中拿着的正是朱自清的《背影》……

近四十年的岁月就这样如水长逝。可以说，我和田老师近四十年的交往，是读书、写书和教书的交往，清淡如水，却也清澈如水，由书滋润着情感，又由情感滋润着书，便也格外湿润而清新。并不是所有的人都能够或值得保持这么多年的友情的。人生中，萍水相逢的、利害相加的、关系互通的人，总是居多。但我和田老师却是这样平淡又长久地保持着这样一份感情，让彼此都感到那感情中因有岁月的沉淀而那样沉甸甸。在偌大的北京城中，由于我没有任何亲戚，我便把田老师当成了唯一的亲戚。在春节，老北京人讲究亲戚之间互相看望的礼节里，我唯一要看望的就是田老师。

一晃，春节将要来临。田老师却到澳洲去了，而且不会再回来了。春节，我将无处可去。

我想起前年的春节，田老师当时也不在北京，正在澳洲女儿的家中。他特意给我寄来一封信，信中夹有一张他在女儿家门前照的照片，照片后面有田老师抄的一句清诗：“竹里坐消无事福，花间补读未完书。”一下子，遥远的澳洲变得近在咫尺，田老师又像坐在我的身边了。而且，那时总想这个春节田老师不在，下一个春节他是要回来的。毕竟他还想着那么多要读的未完之书。

可是，这一次，田老师不会再回来了。他早早寄给我一张贺卡，贺卡上印着积雪覆盖的原野。接到贺卡那天，北京正纷纷扬扬飘飞着冬天以来最大的雪花。

2000 年春节写于北京

初春的思念

今天中午，电话铃声响了。是胡昭先生的女儿婷婷从长春打来的，告诉我她父亲昨天中午在医院里因心脏病突然逝去。我一时没有反应过来，因为就在前不多天，我还和胡昭先生刚刚通过信，没有一点儿征兆。那是他刚刚学会使用电脑，通过电脑发给我的第一封信，竟也是最后一封信。我一下子哽咽，无声却泪如雨下，本应该是我劝慰婷婷的，却让她劝起我来。

放下电话，我依然不能自已。自从母亲去世，我再没有这样伤心地哭过。胡昭先生的逝去，让我这样地猝不及防。作为长辈，他给予我的关怀，总让我想起自己的亲人，有时会想就是亲人，又怎样呢？现在想起这样的感觉，还让我感到一种难得的温暖，一切都好像是还在眼前发生着。

细细一想，我和胡昭先生交往并不深，只是属于那种君子之交，淡如水，却也清澈如水。而胡昭先生给我留下的总体印象，就是“清澈”——这也是他在1973年写的一首诗的名字。虽然，作为新中国的第一代诗人，22岁就出版了他的第一本诗集《光荣的星云》，他度过了整整20年右派的不公正生涯，又经历了妻子死在“文革”中的悲惨遭遇，但是，他的文品与人品、心地和胸襟，总还保持着难得的那种清澈，用老诗人吕剑先生的话，是“单纯而明净”，“把心境和盘托出”，那是对他诗的评论，也是对他人的概括。

10年前，我们开始通信，通信的原因很简单，按照胡昭先生的话是以文会友，其实是他偶然间读到我写的东西，给予我长辈的鼓励。没错，他是我的长辈，1947年他参军的时候，我才出生。我只是在上中学的时候曾经在《人民文学》杂志上读过他写的诗，我以为他是一个很老的诗人，从来没有想到过有一天能够和他相逢。世上的事情有时候就是这样的奇特，文学就像是海，纵使他站在海的那一边，你站在这一边，相隔遥远，海水是相通的，只要你站在水里面，水就从他那边淌来，从你的心头湿润地流过了。

我们通了整整10年的信，而且，我相信如果不是胡昭先生的突然逝世，我们的信还会通下去。在这10年中间，我们只见过两次面，一次是他来北京参加文讲所即现在的鲁迅文学院成立45周年的活动，他是文讲所的第一期学员，他老伴陪着他，我去看望他们，一起吃了顿饭；一次是我们一起去石家庄参加一次签名售书活动。除了这样两次见面的机会，我们只是通信，是那种真正的笔墨方式，而不是现在的电脑邮箱里的电子信件或手机短信，那是文人之间最常见的也是最古老的方式。我们在文学上所有的了解和理解，在心灵上所有的碰撞和沟通，对文坛况味和世事沧桑所有的感喟和诉说，都是通过这样的信笺传递。

当然，信笺传递得更多的是胡昭先生对我的关心。1995年，我要调到中国作协工作的时候，他就来信以他自己在作协工作多年的亲身体会提醒我告诫我。2002年，我的儿子出国读研，他又写信关照提醒孩子。就在今年的春节之前，他只是从电视里看见我一晃而过的镜头，觉得我好像有心事，让他的儿子冬林到北京领奖的时候打电话特意关心我，没过两天，又特别写来一封叮嘱的信。他写信从来都是用毛笔写，看那墨汁淋漓的信，我觉得他的身体还不错。在信的末尾，他还让我把网址告诉他，他要通过网络和我通信，会更快更方便。我写信告诉他我的网址，他很快就发来了电子邮件，不仅关心我，而且关心远隔重洋的我的孩子。现在，我知道了，那是在他病重的时候啊，是在他生命的最后时刻啊，只有自己的亲人才会对你这样呀。

窗外，初春的阳光那样的好，他却不在了，一个那样慈祥温暖的老人不在了。

我想起胡昭先生1990年写给一位逝世诗人的悼诗：“也许你躲到什么地方埋头著述去了，不久就会又捧出一部充满活力的新诗。”

我想起胡昭先生1978年悼念他的亡妻的诗：“话儿挤在嘴边连不成句，我只能把一捧散碎的泪花捧献给你。”

2004年2月16日匆匆于北京

春天温暖的水

还有两天就是惊蛰了，民间说法，病床上的老人如果熬过惊蛰，就能够复苏。叶至善先生去世了。叶先生的女儿小沫打电话告诉我这个消息的时候，我安慰她说，老人88岁了，是喜丧。叶先生的父亲叶圣陶先生活到94岁，他们都是长寿之人。

话虽这么说，放下电话，心里还是充满悲伤。毕竟我和叶家三代交往43年，而且，一直得到他们的关怀和帮助。1963年的暑假，我还只是一个初三的学生，因一篇作文获奖而得到叶圣陶先生的亲自批改，并得到叶圣陶先生的接见和教诲。我第一次走进东四八条那座西府海棠掩映的小院，那个下午，是叶至善先生站在门口，和蔼地掀开竹门帘，带我走进叶圣陶先生的客厅。想想，那时，他45岁，高高的个子，显得很年轻。日子真的是如水一样，逝者如斯，留下的只有记忆。

“文革”中，我和小沫都去了北大荒。那年的冬天，因为得罪了生产队的头头，我被发配到猪号喂猪，成天和一群“猪八戒”厮混，无所事事，一口气写了10篇散文，寄给了叶至善先生。怎么那么巧，那时，他刚刚从河南干校回家，一时没有什么事，认真地帮我修改了每一篇单薄的习作。我们便有了整整一个冬天的信件往来，他对每篇都提出了具体的意见，有的还帮我一遍遍修改，怕我看不清楚，又特意抄写一份寄给我。他在一封信里这样对我说：“你的朋友之中，有没有愿意和你一样下功夫的，如果他们愿意，可以寄些文章给我看看。我一向把跟年轻作者打交道作为一种乐趣。”盼望着叶先生的来信，是那个寒冷的冬天最美好的事情了。

前年，我在《新民晚报》上发表了记述这段往事的文章《那个多雪的冬天》。叶先生看到了，夸奖我说写得不错，邀请我到他家做客。我这人一直以为敬重别人，就悄悄地记在自己的心里，喜欢读别人的作品，就自己买一本他的书回家认真读，因此总怕打搅人家而懒于走动。对于叶先生，更是如此，我知道，那时他正在加紧写作回忆父亲叶圣陶的长篇回忆录，而且身体也不大好，就更不好意思叨扰。

是秋天的一个下午，我去得早了些，打扰了他的午睡，看着他从他父亲曾经睡过的床上下来，走出卧室的时候，我惊讶了一下，他满脸银须飘飘，真的是一个老人了。便才惭愧地想到已经好多年没有来看望他老人家了。

那天，我们是伏在他家的旧餐桌上交谈着。我说：“就在这张桌子上，我和您全家一起吃了顿饭呢，是我插队回家探亲的时候，那时，叶圣陶先生爱喝一点酒，还特意给我倒了一杯。”他说：“对任何人都是这样的。”我又说起那年冬天他为我的习作改了一遍又抄了一遍的事情，他还是那样平静地说：“好多文章，都这样的，这样做有好处，抄一遍的时候又可以改一遍。”

那天，他精神很好，聊了许多。他说他和父亲不一样，父亲一辈子写日记，他不写；父亲的写字台干净，他的桌子上总是一堆书和稿子。也说起他家的老朋友俞平伯先生，我问他：“听说俞平伯先生爱吃，曾经吃遍了北京城所有的馆子。”他告诉我：“那倒也不是每个馆子都去，他来我家吃饭，喜欢的菜，他把盘子拿到自己的面前。”他说俞平伯对他说：“都说《红楼梦》这梦那梦，我是红楼怕梦。”

对于我和小沫插队，他去干校，我们有了分歧，他说他不反对，他认为很好，多了和劳动人民接触的机会。他告诉我，他在干校里放牛，负责二十多头，每天夜里要拉牛出来撒尿，借着星光，他认识了许多树木花草和虫子，他说："我对这个感兴趣。"

说起了"文革"时他家西厢房被军代表占着，我问："在您父亲的回忆录中写了这段了吗？"他说没写，我说："为什么不写呢？应该写，起码是'文革'社会的一个侧面。"他摇摇头："都写还有完？这也不典型。"

他知道我写了本《音乐笔记》，说他喜欢古典音乐，临告别的时候，他送了我一本《古诗词新唱》，这是一本非常有意思的书，是他用了外国的曲调为中国150首古诗词配乐的歌曲集。那些外国的曲子有勃拉姆斯、舒伯特、德沃夏克、圣桑等名家之作，也有世代久传的民歌俚曲，可谓融中外于一炉的新颖尝试。这本书1998年出版，我问他："这么好的尝试，怎么没有歌唱家唱这里的歌呢？"他笑笑："得要出场费呢。"

那天，叶先生的情绪特别地好，思维也特别地活跃，记忆力很强，哪里像一个86岁的老人？而他的平和恬淡，对晚辈的鼓励与亲切，都和叶圣陶先生一样，让我如沐春风。聊了一个多小时，怕他累，我提出告辞，他一再挽留，意犹未尽。他的回忆录《父亲长长的一生》刚刚校完三校。他对我说："每天500字，最多一天1000字的速度，整整写了20个月，一共写了30多万字。"我看得出来，他很高兴，他说他的妻子让他等书出来多买点书送朋友，哪怕自己花钱。我知道，他的妻子已经双目失明，是小沫下岗的弟弟在照顾她，而小沫的哥哥前些年去世，所有这一切困难，叶先生从没有向领导提出来过。那天，小沫哥哥那一对可爱的双胞胎，正在院子里玩，把刚刚从树上掉下来的枣泡在水碗里。

小沫送我到大门口，悄悄地对我说："老爷子最后才开口向国管局要房，也许有人提出以后要把这院子改为叶圣陶故居，老爷子说他自己不会提，也不让我们别人提。”我知道，这是叶家的家风，叶圣陶先生在世的时候，有人曾提出将叶圣陶先生在苏州住过的老屋辟为故居，叶圣陶先生曾经专门立下过字据，并委托苏州的作家陆文夫：“做什么用场都可以，就是不要空关着，布置成故居。”这和现在有活人就搞故居展室或吃父辈名声之类，有霄壤之别，前辈清洁的精神与清白的心怀，总会让我面对他们每一位故去的时候涌起一种“夏日里最后一朵玫瑰”的感慨。

去年的春天，小沫打来电话，告诉我他父亲不行了，正在进行抢救。我赶往北京医院，老人躺在病床上，喉咙已被切开，人事不省，只有腿偶尔动一下。小沫告诉我，前几天就昏迷了，昏迷的时候还在断断续续地说：我喝水……喝春天的水……喝春天温暖的水。

其实，老人大年三十就住院了，住院 8 天之后，他的最后一部书《父亲长长的一生》的样书到了。躺在病床上，拿着新书在看，一页看了一个多小时，孩子们劝他：“别看了，太累了。”他说：“看来还得再看看，改改。”

过去了一年，又到了春天，叶先生离开了我们。

2006 年 3 月 9 日于北京

蔼蔼长者

我是今天才从报纸上看到洁泯先生逝世的消息。就在上个月，我碰到一位朋友，他对我说洁泯先生身体不好，准备过几天去看望他。我说洁泯先生是好人，经历文坛的事多，学问又好。谁想到，这才几日，洁泯先生竟然和我们天地两隔。他是11月13日去世的，那时，我正参加文代会，许多文人正聚在一起热闹着，他寂寞地逝去了。

今年，洁泯先生85岁。他是前辈，按说是轮不到我写祭文的，因为我毕竟并不十分了解他，与他交往也不多。我只是怀着景仰的心情，一直远远地观望着。他如一座云雾中的山，沧桑而苍茫地从历史中走来，让我总涌出这样的一种感觉：始知五岳外，别有他山尊。

大约在1987年，那时候，我写了一部长篇小说《早恋》，因为涉及中学生的恋爱，引起一些人的不满和批评，甚至书稿发到印刷厂而被撤版，险些没能够出版。那时候，人们的心理就是这样保守，时代的发展总有个春秋代序。那时候，我没有想到，第一位给予我支持的是洁泯先生，他首先在《文汇报》上发表文章，对《早恋》进行评论和表扬，打破了那时的僵局，不仅给予我，同时给予出版社以强有力的鼓励。

那时候，我还没有见过他的面，但在心里很是感念。几年以后，他又写过文章，再次提及《早恋》，他说："肖复兴的创作，从《早恋》到最近的《戏剧人生》，都是写学生的，对中学生和大学生的生活流向，他们的心态变化，他几乎了如指掌。在青年读者中，他的作品是极受欢迎的。我虽然年纪已老，也一样喜欢他的书，他小说中的文义，可以唤起老年人对青春的向往与赞美。捷克作家昆德拉认为青春'是超越任何具体年龄的一种价值。这个思想用恰当的诗表现出来，成功地达到了一个双重目的：他既恭维了年轻人，又神奇地抹掉了年长者的皱纹，使他成了一个与青年男女同等的人'。我十分欣赏这段话，因而我认为，肖复兴虽致力于写青少年，但他的小说又为年长者所同享。"我始终不敢忘怀这些话，我知道，这是一位长者对晚辈的鼓励、教诲和希望。我常常拿他的话鼓励自己，让自己写得更有进步一些，不辜负他的期待。

1993 年的夏天，洁泯先生给我打来一个电话，他要为出版社编一套"当代世相"的丛书，他看到我在报端上发表的一些文章，觉得合适，希望我能够加盟编一本。我非常高兴和感动，高兴我的文字还能够走进他的视野，感动他还在关注我的写作。他约我见面详谈，我说去您家拜访吧，他说他家太远，"就到我的办公室吧，我虽然退休了，但社科院还给我留了一间办公室"。那天，我去社科院找到他的办公室（小得出乎我的意料，摆满的书籍让屋子更加地逼仄），他早早在那里等着我了，他就是这样一个蔼蔼长者，总是那样的平易近人。说实在的，虽然我已经出过一些书，但为他编一本，心里有些惴惴，毕竟他是有名的评论家，见多识广，怕难入法眼。他却一如既往地鼓励我说，他看到我最近写的一些文章，是在现实生活中观察和思索之后而写的社会百态，正符合他编的这套书的要求。正是在他的鼓励下，这本《都市走笔》的书得以出版，他还特意为我的这本书写了序言。这是我专门请求他写下的，我从不为自己的书请人写序，这是唯一的一次，因为我敬重他，并始终感念于他。

我很少能够见到他，我相信君子之交淡如水的古训，文坛毕竟不是闹哄哄的大卖场。每年的春节前夕，我只是寄一张贺卡给他，表示我的敬意与祝福。我知道他的身体越来越不好，但每一次他收到贺卡总要回寄一张贺卡给我。前两年的春节前，他寄来一张红色贺卡，在贺卡上密密麻麻写了前后两页，知道他的身体不好，心情也不好。他说："我这几年身体走下坡路，肠癌开刀，留下了大便难以控制的后遗症。我的青光眼已转入恶化，成了视神经萎缩，视力只有零点一，读书写字俱废，报纸也少看，写东西极少。"但如此视力的情况下，他还说"我时常读到莫名的文章，关于音乐方面的，读了尤其钦佩"，还是一如既往地给予我鼓励。想想一个年过八旬的老人，身体那样差，视力那样差，还能够读、能够写，心里真的很感动，忍不住想起放翁的诗句："岂知鹤发残年叟，犹读蝇头细字书。"对于文坛，他似乎不像有些人那样昂扬，而是颇为悲观："现在文艺界似乎很萧索，出的东西不少，有影响的似乎不多，这十多年，也不见有什么大手笔问世。"去年春节前夕，他在贺卡上写的，似乎心情略好些，他这样写道："收到贺卡，至为感谢。多年来我目疾恶化，生活进入半自理状态，但心情尚好。祝您写作丰收，工作有新成就。还有身体健康最要紧。"想到一个身体状态那样差的八旬老人，还要亲自走到邮局去寄信，我的心里充满无法言说的感动。但是，那时候，我没有仔细注意他一再嘱咐我要注意身体，无法体会到其实那时候他的身体已经每况愈下，一个垂垂老人对于生命和生活还有文学的渴望和无奈。

我只是把我这样一个普通的作者和晚辈感受到的洁泯先生的点滴写出来，表达我的一份怀念的心情。我相信如我一样曾经受到过他的关怀和鼓励的人会有很多，我所写下的不过只是其中的一滴水。

又快要到年底了，我只是不知道今年的春节前夕，一张贺卡该寄往哪里？而我也再无法收到先生的贺卡了。

2006 年 11 月 23 日写于北京

长啸一声归去矣

如今的黎里显得有些寂寞。其实，它和同里同属苏州的吴江，都是千年古镇，但在二十多公里以外的同里太出名了，压住了黎里的声名。不过，话又说回来了，压也是压不住的，因为在黎里有柳亚子故居，是同里没有的。

就是因为柳亚子故居，赶在大雨前，我来到黎里，首先看到的是一条长长的河，据说有三里长。和同里蜿蜒的河汊相比，黎里的河笔直如线，古镇大小院落都依次错落在这条河的两边。南宋以来，北方人大量南迁，一直到明清两代，造就了黎里的繁荣，河的两岸由集市逐渐发展为门市，河取名为市河，其中“市”字就是集市、生意兴隆的意思。柳亚子故居就坐落在市河的岸边。几经战乱和饥馑，它没有被毁，算是万幸。新中国成立以后，这里成了古镇的银行，无形中保护了它，如果陆续住进人家，人口拥挤，烟熏火燎，就会和北京城里的许多名人故居一样，被糟蹋得无以收拾了。虽然“文革”中损毁了后院精美的门雕，但整个院落基本上保持得相当完好，可谓奇迹。常有人说，与国外的石头结构的建筑比较，我国的建筑是砖木结构，不好保存，看这座已经有二百余年历史的柳亚子故居，说明不是不好保存，而关键在于是否保护。

如今，看门庭轩豁，前有市河，旁有备弄，后有走马堂楼，纵深近百米，很是气派。六进的院落，建造在一个小镇上，真的了不起。这里的人告诉我，这不算稀奇，黎里还有九进的院落呢。可见当初这里的繁华。看故居里柳亚子生平的介绍，看到20世纪20年代，柳亚子参与的国民党第二次苏州代表大会，就是在黎里召开的，就可以看出当初黎里地位的不同寻常。当初，柳亚子和陈去病创办南社，是到同里喝茶议事的，同里现在还存有南园茶楼。但要正式开大会，还得到黎里。

这里是乾隆年间直隶总督、工部尚书周元理的老宅，一座18世纪的老房子。柳亚子12岁那年，他家以三千大洋典租了这幢占地2600多平方米共有101间房间总建筑面积2800多平方米的豪宅。所谓典租，是说11年后周家如果拿不出三千大洋赎宅，这房子就归柳家了。算一算，一平方米一块大洋，现在看来是非常便宜了，不知道那时算不算贵。不过柳家和周家都属于大户，如此老宅的易主，可以看出朝代更迭和世事沧桑中，古诗里“棋罢不知人换世”的味道吧。如果不是面临着一场即将到来的翻天覆地的大革命，如果不是一腔爱国情怀的风云激荡，少年时代的柳亚子，也许和我们今天的“富二代”没什么两样。

就是住进这里的第二年，小小年纪的柳亚子写出了《上清帝光绪万言书》。这样明目张胆的反清言论，当时是可以满门抄斩的。但这篇万言书可以看出“少年心事当拿云”，奠定了柳亚子一生的走向。

这座柳亚子故居，让黎里提气，让市河有了它的倒影而流光溢彩。周家当年老匾“赐福堂”，虽然木朽纹裂，斑驳脱落，依然还在，端坐在地上，让逝去的历史有了看得见摸得着的物证。如今的大门内外厅的门楣之上，分别悬挂的是屈武先生题写的“柳亚子故居”和廖承志先生题写的“柳亚子先生故居”的匾额。当年，廖先生因叛徒出卖在上海被捕入狱，是柳亚子奔走营救才得以出狱，两人之间情分非同寻常。

大厅两侧，分别有柳亚子和毛泽东“沁园春”的唱和词，那曾经是柳亚子引以为骄傲的事情，也是如我这样一般人得以知道柳亚子的源头。也有周家当年请书画家董其昌临摹颜真卿的《赠裴将军》的中堂。可谓新旧杂陈，将年代打乱，错综一起，乱花迷眼，让人在历史中逡巡，引为遐想的空间。

其中最惹我眼目的是厅堂中的一副隶书对联：“古来画师非俗士，此间风物属诗人”。这是当年此地号称“诗、书、画三绝”的陈众孚老先生送给少年柳亚子的，一老一少的往来，可见当初柳亚子的不凡，才会赢得老先生这样的赞赏。据说当年就悬挂在这里，如今依然毫发未损，还悬挂在那里。好的文字比人活得年头长。

展览里还有两方治印，非常值得一看。一方是：兄事斯大林弟畜毛泽东；一方是：大儿斯大林小儿毛泽东。这两方印，都是1945年柳亚子请重庆的治印家曹立庵刻印的。谁想到“文革”中，这两方印章给柳亚子带来灾难，竟敢和毛主席称兄道弟，还大儿小儿地称呼，不是触犯了天条？便哪管柳亚子是在用典，而且柳亚子生怕误会而引起事后的节外生枝和无知者吹火生烟生出的麻烦，特意在印的一侧刻有文字注明典故的出处，但还是把印章毁掉，把早已经去世的柳亚子诬蔑为“老反革命分子”，而使得全家蒙难。如今看到的这方印章外带另一方，是1987年柳亚子诞辰百年之际柳亚子故居开馆时，曹立庵先生重新镌刻的。既是纪念故人，也是重温历史。庞大的历史并非仅仅宜粗不宜细，有时候，细节之处，更能让历史还原得须眉毕现。

展览中，还看到柳亚子名字的来历，以前没有听说过。父亲给他起的名叫慰高，字安如。他在上海读书的时候，信奉卢梭的天赋人权论，便把自己的名字改为柳人权，字亚卢，意思是亚洲的卢梭。看到这儿，我禁不住莞尔，想起我们在“文革”中的改名，不也是叫什么卫东、向阳之类的吗？柳亚子那时也是一个热血青年，而青年膨胀的血液几乎轨迹是相同的。当时，同为南社的高天梅，常和柳亚子有唱诗往来，便对他说，你这个亚卢的卢字（繁体盧）笔画多难写；再说，亚和卢都是大的意思，合在一起也不伦不类；不如叫亚子吧。子者，男子之美称也！柳亚子便这样叫开了，要说实在是比柳慰高和柳人权、柳亚卢要好听！一个人的成功和成名，名字真的隐含着某种命运的密码呢。

当然，最值得看的是后院，庭院深深，幽静异常，楼下柳亚子的书房“磨剑室”不让游人走进，只能凭栏观看。“磨剑”，自是用“十年磨一剑，霜刃未曾试”的唐诗之意，和他取名“人权”“亚卢”相呼应，书生意气，挥斥方遒，小小书斋，已经容不下他的心事浩茫了。当年这里藏有黎里最多的藏书，新中国成立后，他将这些书全部捐献给了上海图书馆。据说，那时，书籍有四万四千多册，打了三百余包，运往上海的阵势是浩浩荡荡的。

引我兴趣的不仅是书桌上的孙中山的半身胸像，还有挂在墙上的一副对联：青兕身后辛弃疾，红牙今世柳屯田。是当年南社社员傅钝根指书赠予柳亚子的，以宋代两位不同风格的词人辛弃疾和柳永比拟他，可谓知音。据说，柳亚子很是喜欢，一直把这副对联挂在书房里。我想，那肯定不是自负的为了比附，而是心中的一种追求和向往。

走马堂楼上地板凹凸，本来阴雨前光线就晦涩，透过镂空的雕花窗棂，就更加阴晦不定。走在上面，让人真有种时光倒流的感觉，一步跌入前朝。二楼是柳亚子一家的起居室，现在看看，每间都不宽敞。他的三个孩子柳无忌、柳无非、柳无垢都是出生在这里的。1927 年蒋介石“四一二大屠杀”，把柳亚子列入黑名单，半夜派兵来抓人，柳亚子就是藏在卧室边的复壁里才逃过一劫。躲在狭窄的复壁里，他老先生还写诗呢：曾无富贵娱杨恽，偏有文章杀祢衡，长啸一声归去矣，世间竖子竟成名。我以前读柳亚子的诗，觉得他特别爱用典，几乎每首诗都有典故，有的不大好懂。生命攸关时刻，老先生还在用祢衡和杨恽这两个摇笔杆子的典故呢，要说柳亚子真真的单纯得可爱可敬。这样的劲头儿，大概只属于那一辈文人，如今的文人，只有汗颜的份儿了。

这一夜趁着天不亮的时候，他换上一身渔民的衣服，雇了一艘破渔船，偷偷地离开了家。小船摇了三天三夜，才摇到上海。这一年，他整整40岁，在这里，他生活了29年。

走出柳亚子故居，云彩压得很低，雨就要来了。市河的水有些晦暗，老桥在风中似乎隐隐在动。想想，82年前，柳亚子就是从这条河离开家的。他再也没有回到过这里。禁不住想起他的那句有名的诗“安得南征驰捷报，分湖便是子陵滩”，有些百感交集。分湖便在这里不远，指的就是这里，他的家乡。也许，只有站在他的故居前，吟诵这句诗，才会别有一番滋味上心头吧？

2009年岁末北京

如何面对梁思成塑像

偌大的北京城，早就应该有不止一尊梁思成的塑像才是。但北京是一座没有什么雕塑传统的城市，拙劣的雕塑败坏着城市的风景，没有像样的，不滥竽充数也是对梁思成的尊敬。如今，在梁思成诞辰110周年和清华百年校庆的日子里，终于，在清华园矗立起他的一尊像样的塑像。无疑，这是对梁先生的一份难得的纪念。

不知道北京人日后该如何面对他的塑像。还有比他对于老北京城的保护更富有远见卓识又一言难尽的纪念意义的人物吗？

我想起去年日本奈良也曾经矗立起梁思成的一尊塑像，那是为了纪念他在二战期间保护了古都免于轰炸。立在那里，他看见他保护下的一座古都，依然古貌犹存。如今，他立在了清华园里，北京古城近在眼前，他看到的能够是什么呢？

1948年的年底，两位解放军带着一张北京城的军用地图，进入清华园，找到梁思成，请梁先生标出重要的古建筑，以避免炮火的轰炸。可是，我们进入这种需要我们保护的城市之后，避免了战火，却未能够避免我们自己的手的毁坏。这实在有些以子之矛攻子之盾的困惑。我们辜负了梁思成的一份拳拳之心。今天，面对他的塑像，我们有勇气和良知，回顾历史，面对历史，反思历史，而垂下我们的头吗？

如果说我们与1950年梁思成和陈占祥的“梁陈方案”，失之交臂，是我们幼稚，或者受制于是老大哥苏联的影响，我们识不得良玉珍珠，更不懂得珍爱这样的无价之宝。那个关于中央人民政府中心区位置的建议，东起月坛，西至公主坟，北至动物园，南到莲花池，至今水落石出一般，越发清晰地证明是一个多么富于远见的方案。他替我们制定了，替我们规划了，替我们描绘了。我们对他做了什么呢？

我们都说，我们错过了整体保护北京旧城的历史机遇。时过境迁之后，我们马后炮一样对于梁思成充满了愧疚，我们把他写成了教材，放进了中学的课本里，但是，我们言行不一，我们继续违背他曾经为我们描绘过的蓝图。否则，我们无法解释，为什么又开始了新一轮的对老北京旧城的破坏，而允许地产商和推土机在已经残缺不全的旧城肆意的大拆大建呢？如果说前者无可追回，那么如何解释旧城区的大拆大建就发生近几年呀。就在眼下，我们一边为全世界独一无二的北京城中轴线申遗，一边还正在对中轴线旁边的粉房街和大吉片大动干戈，在中轴线东侧大建一批假景观。不仅北京如此，神州大地，多少古城一样在遍地大拆大建，我们健忘，完全无视了梁思成的存在，和他曾经给予我们的那些振聋发聩的建议和思想。

是的，我们一再背叛梁思成。早在1947年，梁先生就发表了《北平文物必须整理与保护》。新中国成立以后，他也一再陈情相告：北京城的整个形制既是历史上可贵的孤例，又是艺术上的杰作，城内外许多建筑个个是历史的至宝。它们综合起来是一个庞大的“历史艺术陈列馆”。同时，他特别指出，承袭了祖先留下的这一笔古今中外独一无二的遗产，对于保护它的责任，是我们这一代人绝不能推诿的。他还强调地告诉我们：北京旧城区是保留着中国古代规制，具有都市规划的完整艺术实物。这个特征在世界上是罕见无比的，需要保护好这一文物环境。

半个多世纪过去了，我们真正认知了他的这一思想了吗？传承下他对于北京古城这一份情感了吗？我们是把这座城市，真的当成了“孤例”“杰作”“至宝”和“历史艺术陈列馆”来对待了吗？是把旧城区看作了“完整艺术实物”，是“世界上罕见无比”的，需要把它当作“文物环境”一样保护了吗？如果我们不是仅仅把它当作一种修辞，当作一层粉底霜，而是真的这样认同的话，为什么让北京旧城越来越多地出现了一片瓦砾，代之而起的是一片商业楼盘？那么，我们对于他所说的保护这座城市不可推诿的责任，又尽到了多少呢？

建起一座塑像是容易的，检点我们自己，反思我们自己，并不那么容易。我们拥有过一座美丽的古都，我们拥有过一位为我们这座古都审视并规划了未来的远见者和思想者，我们的自以为是，让我们都没有懂得珍惜。在这样的时候，清华园矗立起他的塑像，或许带有一丝悲剧的意味。当然，也可以这样说，是有意地再一次提醒我们，保护这座古都刻不容缓，责任依然不可推诿。我们需要纪念他的塑像，更需要纪念他的行动。

2011 年 4 月 19 日写于北京

汀州去看瞿秋白

车过福建连江，本来要西去永定，在我的一再坚持下，车终于北上拐到了汀州。去汀州，主要为看瞿秋白。

想起“文革”串联，从北京乘火车南下，从衡阳到韶山再到南昌和瑞金，离汀州越来越近，近得只有一箭之遥，却没有去成。不敢，还是不忍？真的说不清楚。

“话既然是多余的，又何必说呢？”《多余的话》里的这第一句话，始终在我的耳畔盘桓。那时候，真的不明白，既然明明知道话是多余的，而且很可能遭到误解乃至对自己全盘的否定，为什么偏要去说呢？好长一段时间，总觉得《多余的话》更多的是文人式的表白，是文人与革命的矛盾和纠葛，是对自己内心坦荡如砥的审视和解剖，是对于残酷路线斗争的厌倦和彷徨。没有多少人能够做到他这样的坦然面对历史与现实，以及生死和他坚信的信仰。

但是，这么多年过去了，真的就明白这句话的含义了吗？明白瞿秋白当时写下这句话的心情了吗？车子在高速公路上奔驰如飞，离汀州越来越近，心里沉甸甸的。天阴着，蒙蒙的小雨如雾如烟。不知怎么搞的，忽然想起瞿秋白未到红区前在上海时写过的一首诗：万郊怒绿斗寒潮，检点新泥筑旧巢。

我是江南第一燕，为衔春色上云梢。那时的心情，和写《多余的话》时的心情，是多么的不一样。

以前读书的时候，曾经读到过这样一个细节，红军北上之际，瞿秋白把自己的强壮马夫，换给了徐特立。这个细节一直没有忘怀。这是一个革命者的情怀，他把困难乃至危险留给了自己。我一直想，也许，从那一刻，他已经预料到自己的命运。

车子越过已经污染的汀江，驶进喧嚣的汀州城，残败的老城墙掩映在新楼与旧房之间，和我想象中的汀州城完全不一样。唯一相似的，是建于宋代的试院，试院里的两株唐柏，还能够有资格诉说当年的沧桑与苍黄。这里一度是福建省苏维埃政府所在地，又一度是国民党三十六师的师部。试院最后一道院，最东边偏厦的两小间房屋，就是当年关押瞿秋白的地方。是三十六师的师长当年黄埔军校瞿秋白的学生宋希濂的特别照顾，让瞿秋白多了外面一间小屋，做会客用，很多劝降、诱降和威逼，走马灯般都是在这里轮番上演。

走进这两间小屋，不知为什么心怦怦地跳得厉害。墙的四围用棕色的木板围起，像乡间的木屋；靠墙是简单的一张木床，靠窗是一张写字台和一把木椅。虽然窗子朝南，但因外面有高墙遮挡，屋子里照不进来什么光，潮湿阴暗的感觉，和乡间木屋立刻拉开了距离。写字台上放着砚台、毛笔和油灯，我坐在木椅上，望见窗外有一座四方形的小小天井，天井里种着一株石榴，一株桂树，树龄都已经很老了。桂花尚未到开花的季节，那一株石榴花却开得正艳。瞿秋白被枪毙的时候，是 76 年前的 6 月 18 日，和我来时的时间相近，想来应该也是榴花似火吧？

瞿秋白就是坐在这里写下《多余的话》，还有那些诗词，那些篆印，包括写给妻女的信。临终之前，如此地从容，又如此文气沛然。说起他写给妻女的信，我想起赴苏区前，他和妻子杨之华在上海分手之际，曾经买过 10 本黑漆布的笔记本，给妻子5本，对妻子说："这5本是你的，这5本是我的，我们离别了，不能通信，就把要说的话都写在这里吧，到再见面的时候交换着看。"如今，坐在这里，想想，心里都会柔肠寸断。望断南窗，遥想妻子，自己将要命尽天涯，那时他是什么心情？

当然，最难忘的是，临终那天早晨，他坐在这里写下他的绝命诗，特务连长走进来，他没有停笔，接着写下了这样一段话："方欲提笔录出，而毕命之令已下，甚可念也。秋白曾有句'眼底烟云过尽时，正我逍遥处。'此非词谶，乃狱中言志耳。"最后写下了"秋白绝笔"四个字。每逢想到这里的时候，总会忍不住想起雨果在《九三年》里写朗德纳克从悬梯上走下来，对团团围住他的荷枪实弹的士兵说："我允许你们逮捕我！"尽管革命内容与阵营不同，但那种贵族式的高傲气质，让人肃然。

解说员告诉我，当年瞿秋白就是从这里被带走，从后门走出，到中山公园的凉亭饮酒照相，然后出西门赴刑场的。我请她带我看看那后门的样子，我很想顺着瞿秋白就义的原路走过去。她带我来到一条黑暗的走廊，后门被锁，她告诉我即使走出后门，前面建起了一所小学校，也走不过去了。

如今汀州城的西门，以及中山公园，还有被后人称之为"秋白亭"的那座八角凉亭，都早已经不在，那地方建起了一座汀州宾馆。顺着府前街往西走不远，看见一座高耸入云的纪念碑，上书"瞿秋白烈士纪念碑"几个大字。旁边有一座花岗岩石，上刻"瞿秋白就义处"。当年，他就是站在这里用俄文高唱着《国际歌》和《红军歌》，用清亮的常州语音高呼着"中国共产党万岁"和"共产主义万岁"，然后说了一句"此地甚好"，坦然坐下，慷慨就义。

今年，正好是中国共产党建党90周年。瞿秋白是自1921年中国共产党建党以来牺牲的第一位领袖。作为中国共产党早期主要领导人之一，作为两度担任过中国共产党的最高领导人，我们实在应该记住他。我们实在应该记住他在《多余的话》里曾经说过的话："这个世界对于我仍然是非常美丽的。一切新的，斗争的，勇敢的都在前进。那么好的花朵、果子，那么清秀的山河水，那么宏伟的工厂和烟囱，月亮的光似乎也比从前更光明了。但是，永别了，美丽的世界！"我们实在应该问自己，这个世界是不是变得如他所希望的那样美丽？

当地人告诉我，此地纪念碑后被书中称为罗汉岭的山，他们叫作卧龙山。关押瞿秋白的地方为龙首，枪毙他的地方为龙尾，他用36岁短短的生命，擎起了整个一条龙。听完他的话，我转过身去，眼泪怎么也止不住地淌了下来。

2011年6月6日端午节写毕于北京

老编辑老吴

在我最初写作的时候，曾经得到过很多编辑的帮助，如今，我都退休，他们更早已经退休，有的去世多年了。我常常会想起他们。在北京出版社，最让我想念的有两位，一位是胡容，一位便是老吴。

老吴叫吴光华，年长我 11 岁，平常我都叫他老吴，不像如今见到编辑就叫老师。我是在 20 世纪 80 年代初结识老吴的，那时，北京出版社出版了我的第一本书《国际大师和他的妻子》，责编是胡容，在胡容大姐那里认识的他。那时，我家住得离出版社很近，常常到那里聊天，顺便蹭几本新出的书。我们两人还曾经一起去过深圳、沙头角和南昌。真正熟悉起来，是 1986 年的年初，偶然聊天中我说起如今中学里早恋已经不是个别的现象。他一下子很敏感，他知道我当过好几年的中学老师，一直和学校都有来往，便对我说："这是个好题材，你应该写个长篇小说，现在还真没有这样的长篇小说。"我有些犹豫，因为在当时这是个禁区。他用一种激将法鼓励我说："正因为是禁区，你才应该闯闯。只要你敢写，我就敢出！"

可以说，《早恋》这部长篇小说就是在老吴的激将法下出笼的。为了让我有时间写这部长篇小说，他还特意骑着自行车跑到当时我的工作单位替我请假。写了 8 个月，用了老吴送给我的 300 字一页的稿纸一千好几百页，捧着送到老吴的面前。老吴很快就看完了，找到我，摊开好几页写满密密麻麻有他特点的一边倒的斜体字的纸，谈了好几点意见，包括最重要的结尾处理，让我拿回去修改。改完之后，他从头到尾又替我修改了一遍。二审、三审，都很顺利地通过了。三审是当时出版社的副总编田耕先生，二审是老西南联大高才生刘文先生，我都认识，他们给予了这部长篇小说很高的评价，认为拓展了题材的新领域。稿子发到了印刷厂，那时还是铅字印刷，排版，三校都完成了，清样也出来了，就要上机开印了，却听说停机了。过了不多久，又开机了。老吴把新书送到我的手里的时候，我知道这事情闹得沸沸扬扬，因为关于早恋在教育界当时还是一个敏感的话题，谁都知道现状是怎么回事，谁都不愿意去碰，自找这个麻烦，却不知道这一停一印之间，老吴所付出的昂贵代价。只记得老吴当时一脸轻松地对我说："书终于出来了！"

事情已经过去了 25 年。一本《早恋》，头版就印了 8 万册，以后一版再版，直到今天还有出版社找我要重新再版这本书。它成了我印刷册数最多的一本书。我却从不知道当初为了它的出版，老吴所付出的代价。一直到最近，收到老吴新出版的自传《岁月·人生·挽歌》，读到其中题为"'穿小鞋'的滋味——出版《早恋》引发的风波"一章，才知道事情一波三折，即使说不上惊心动魄，今天看来也让人感喟不已。

当时，得知《早恋》在印刷厂突然停机的消息之后，老吴在办公室和出版社领导吵了一架，对他说："你没有调查就没有发言权！你下令停机之前，起码应该把书稿翻一下吧？"领导怒气冲冲地说："这是我的决定，你们有意见，可以去市委告我！"说罢，摔门而去。

说老实话，如果不是看到书，我真想象不出老吴居然也有这样的脾气和举动。平常，老吴给我的印象是温文尔雅，说话都是吴侬软语，很缓慢的样子，和凡是带长的官碰面都是要绕道走的人，怎么突然吃了豹子胆怒发冲冠起来？

泥人也有个土性，第二天，他和刘文一起还真跑到了市委，找到市委宣传部主管出版的副部长陈昌本，拿出《早恋》的清样，请部长断案。部长还真就接下了清样，答应三天之后答复。三天之后，陈昌本说这书没问题，《早恋》才又得以重印。事情由于上一级出面过问，表面是老吴的胜利，却不知暗藏玄机。老吴在他的自传里说："《早恋》的出版，给我的人生之旅埋下了一颗'钉子'。"这钉子，便在他被推举为市劳模、提名韬奋出版奖、提拔文艺编辑室的副主任等一系列坎上显露出扎人的锋芒，而让他节节败北。

读完这一章，我的心里很不是滋味。老吴所付出的一切，都是为了我，为了一本普通的书。我不知道如今还能不能够找到这样的编辑了，在 20 世纪 80 年代，却有老吴这样的编辑，无私而真诚地奉献自己，只是纯粹地为了一本书，为了一个作者。那时候的编辑和文学，像那时候的天空一样，那么值得怀念和感动。

其实，曾经得到老吴这样无私而真诚的帮助的，不仅我一人。李准获茅盾文学奖的长篇小说《黄河东流去》，老吴找李准十几次交流意见，增补了整整一章；浩然的长篇小说《苍生》，老吴提出了十余条修改意见，致使浩然增写了十六七万字。唐人的《金陵春梦》第八卷，老吴自己为书加写了 20 万字，却不要求署名和一分钱稿费。20 世纪 70 年代末，老吴编辑第一部书《领队的大雁》，他亲自跑到作者在凉山的部队，列出详细构架提纲，作者写完初稿，他调整、修改、定稿，最后署名人家要求写"解越京"，"解"是解放军的意思，"越"是当地越西县的意思，"京"是来北京向他表示谢意，他却把最后这个"京"字去掉了。他说："编辑就是编辑，编辑出力是应该的。"

真的，如今还有这样的编辑吗？记得浩然在世的时候曾经说老吴是"无名的英雄编辑"，老吴担当得起这样的称谓。

在老吴的这本自传里，老吴写到对作家的认识："一个作家可以不是哲学家，不是思想家，但他必须是真诚的，必须有良知，必须忠实于生活。否则就没有资格当作家。"在这里，把作家改为编辑，同样适合。老吴就是有这样的资格的编辑。

我只是对老吴自传书名有"挽歌"一词不解，老吴来信对我说："这是一首挽歌，是我们这一代'过了时'的'过去时代'的挽歌。"其实，有些恒定的东西是永远不会过时的。我写了一首小诗寄老吴：

几番风雨落书中，旧忆穿心暗自惊。
一怒冲冠因《早恋》，千言飞笔为新情。
老来谁记棋枰事，闲去空思庙里僧。
莫唱挽歌悲楚曲，烹茶夜火月华明。

2011 年 7 月 13 日写于北京

等那一束光

不知怎么，我想起了音乐家海顿，晚年时他听自己创作的歌剧《创世纪》，听到“天上要有星光”那一段时，他蓦地从座位上站起来……

老顾是我的中学同学，又一起插队到北大荒，一起当老师回北京，生活和命运轨迹基本相同。不同的是，他喜欢浪迹天涯，喜欢摄影，在北大荒时，他就想有一台照相机，背着它，就像猎人背着猎枪，没有缰绳和笼头的野马一样到处游逛。攒钱买照相机，成了那时的梦。

如今，照相机早不在话下，专业成套的摄影器材，以及各种户外设备包括衣服鞋子和帐篷，应有尽有。退休之前，又早早买下一辆四轮驱动的越野车，连越野轮胎都已经备好。万事俱备，只欠东风，只要退休令一下，立刻动身去西藏。这是这些年早就盘算好的计划，成了他一个新的梦。

他就是这样一个人，我说他总是活在梦中，而不是现实中，便总事与愿违。现实是，他在单位当一把手，因为后任总难以到位，过了退休年龄 3 年了，还不让他退。他不是恋栈的人，这让他非常地难受，这 3 年让他度日如年。终于，今年春节过后，让他退休了。这时候，我们北大荒老知青要编一本回忆录，请他写写自己的青春回忆，他婉言拒绝，说他不愿意回头看，只想往前走，他现在要做的事不是怀旧，而是摩拳擦掌准备夏天去西藏。等到夏天，他开着他的越野车，一猛子去了西藏，扬蹄似风，如愿以偿。

终于来到了他梦想中的阿里，看见了古格王朝遗址。这个700年前就消失的王朝，如今只剩下了依山而建的土黄色古堡的断壁残垣，立在那里，无语诉沧桑般，和他对视，仿佛辨认着彼此前生今世的因缘。正是黄昏，高原的风有些料峭，古堡背后的雪山模糊不清，主要是天上的云太厚，遮挡住了落日的光芒。凭着他摄影的经验和眼光，如果能有一束光透过云层，打在古堡最上层的那一座倾圮残败的宫殿顶端，在四周一片暗色古堡的映衬下，将会是一幅绝妙的摄影作品。他禁不住抬起头又望了望，发现那不是宫殿，而是一座寺庙，在白色、青色和铅灰色的云彩下，显得几分幽深莫测，分外神秘。这增加了他的渴望。

他等候云层破开，有一束落日的光照射在寺庙的顶上。可惜，那一束光总是不愿意出现。像等待戈多一样，他站在那里空等了许久。天色渐渐暗下来，他只好开着车离开了，但是，开出了二十多分钟，总觉得那一束光在身后追着他，刺着他，恋人一般不舍他，鬼使神差，他忍不住掉头把车又开了回来。他觉得那一束光应该出现，他不该错过。果然，那一束光好像故意在和他捉迷藏一样，就在他离开不久时出现了，灿烂地挥洒在整座古堡的上面。他赶回来的时候，云层正在收敛，那一束光像是正在收进潘多拉的瓶口。他大喜过望，赶紧跳下车，端起相机，对准那束光，连拍了两张，等他要拍第三张的时候，那束光肃穆而迅速地消失了，如同舞台上大幕闭合，风停雨住，音乐声戛然而止。

往返整整一万公里，他回到北京，让我看他拍摄的那一束光照射在古格城堡寺庙顶上的照片，第二张，那束光不多不少，正好集中打在了寺庙的尖顶上，由于四周已经沉淀一片幽暗，那束光分外灿烂，不是常见的火红色、橘黄色或琥珀色，而是如同藏传佛教经幡里常见的那种金色，像是一束天光在那里明亮地燃烧，又像是一颗心脏在那里温暖地跳跃。

不知怎么，我想起了音乐家海顿，晚年时他听自己创作的歌剧《创世纪》，听到“天上要有星光”那一段时，他蓦地从座位上站起来，指着上天情不自禁地叫道：“光就是从那里来的！”在一个越发物化的世界，各种资讯焦虑和欲望膨胀，搅拌得心绪焦灼的现实面前，保持青春时分拥有的一份梦想，和一份相对的神清思澈，如海顿和我的同学老顾一样，还能够看到那一束光，并为此愿意等候那一束光，是幸福的，令人羡慕的。

2011 年 11 月 2 日于北京

一个都不能少

王瑷东老师今年81岁，鹤发童颜，还敢骑着自行车，在北京城越发拥挤的大街小巷里游龙戏凤。

在我的印象中，王老师是我们汇文中学里最漂亮的女老师，即使穿着简单朴素的白衬衫，也显得风姿绰约。她教高三毕业班的语文。1966年，我读高三。想想那时她还不到36岁，正是风华绝代的年龄。我永远不会忘记，1966年那个炎热的夏天，在下午毒辣辣的太阳底下，王老师站在了学校操场的领操台上接受批斗。

1971年的冬天，我从北大荒探亲回京，到学校看老师，看见了王老师。她还是那样的漂亮，似乎以往的批斗和劳改都不曾在她的身上留下什么痕迹。她把我拉到一边悄悄地说到她家借我书看，说到什么时候都还要读书。我到东单的新开路她家，她借给我《约翰·克利斯朵夫》《红楼梦》和《人间词话》。特别是《约翰·克利斯朵夫》，几乎成为我走上写作道路的启蒙书。

那个寒冷的冬天，因有了王老师的书，让我感到温暖。只是有一次我到她家还书，看见屋子里坐着好几个同学，其中有一个当年站在领操台上挥舞武装带批斗过她的红卫兵。我像是吞进一只苍蝇那样地恶心，我实在不理解，为什么王老师对他和其他同学一样地谈笑风生。我甚至认为，王老师变得一锅糊涂没有了豆儿一样没有了立场。记得那一天，把书还给王老师，我就匆匆离开了。

这件事，和领操台上被批斗的情景，常常如同对比醒目的两个镜头，悬挂在我的记忆里。一直到今年的春天，我才明白了，这前后两个镜头是属于王老师人生的两个明喻，以德报怨，让她的心清澈透明，她一直认为面对的都是自己的学生，不能让学生背负本该属于历史的那么沉重的责任。她不止一次对我说："你们那时候才多大呀，还都是孩子。"

今年，是我们汇文中学建校 140 周年。从两年前开始，王老师就打算把原来高三（4）班的同学都汇聚齐整。这是王老师"文革"前教过的最后一届学生，由于和她一起经历了那场"文革"，她和我们这班学生弥笃情深。

过了春节，王老师非常高兴，因为高三（4）班 45 名同学，她已经找到其中 44 名。这 44 名同学，有出息的，有落魄的，有在外地的，有在国外的……在王老师的眼里，都没有了身份的焦虑，都是她的学生；依然是有教无类。说实在的，这 44 名同学，如今都和我一样早过了退休的年龄，王老师年过八十，还要跑远路，一部电话，一台电脑，一辆自行车，她要付出多少心血和代价。但是，她渴望这次全班同学的聚齐，就像当年她走进教室进行早点名一样，她不愿意看见一名同学缺席。

这最后一名没有找到的学生，叫刘泓，初中和我就是同学，他哥哥当年是中央乐团的小提琴手，他的小提琴在我们学校里也拉得很出名。1981 年，他是我们班最早出国的先行者，因为他的姑姑在美国，怀揣着梦想，骚动着盲目，他开始了"洋插队"，却一下子泥牛入海一般，和大家都没有了联系。王老师最大的愿望，就是找到她最后的一名学生刘泓。她以为在汇文中学建校 140 周年的日子里，这件事最有意义。她就像一个鸡婆一样，要把她所有的学生像鸡雏一样，都揽在她的翅膀下。对于校庆，每个人都有自己的庆祝方法，作为王老师，她认为这是最好的庆祝了，胜过那些隆重的大会或觥筹交错的晚宴。

“五一”节前夕，我和王老师一起到长安大戏院看京戏。说起王老师的这一努力了两年的心愿，我笑着说王老师这符合传统老戏里的大团圆的结尾。王老师却兴奋地告诉我：“刘泓终于找到了！”前两天，他给我打来电话，我一耳朵就听出来了，还是30年前的他那憨厚的声音。

戏也没好好看，听王老师说，知道了刘泓在美国的经历不凡，至今独身，一直做维修工，64岁了还在干活。不过，他很乐观，有一个美国的女朋友，日子过得挺好。我问王老师：“您多大的本事，是怎么找到刘泓的？”王老师笑着说：“该找的地方都去了，该问的人都问了。”她说起一个我在美国的同学的名字，他的爱人的朋友知道刘泓，“你说这不是踏破铁鞋无觅处吗，怎么那么巧”。我说：“这不是巧，是您心诚则灵。”

如今，高三（4）班45名同学终于都聚齐了，可以让王老师点名了，45个嘹亮的回声：“到！”

2011年5月12日于北京

无爵自尊贲园书

成都和平街是三国时期就有的一条老街，表面上看来波澜不惊，里面却别有洞天，所谓包子有肉不在褶上。

这条街上有三国蜀将赵子龙的故宅，故宅处有赵子龙战罢归来的洗马池，成都人管池叫作塘，所以这条街最早叫作子龙塘街。早听说洗马池之东，原来有一座颇大的花园，叫景勋楼，是清雍正年间四川提督岳钟琪的宅第。其名声与洗马池齐。民国之初，一代富甲天下的大盐商严雁峰，买下景勋楼，于1914年至1924年，历10年之久翻建成新园，取名为贲园。这期间，严老先生于1918年仙逝，由其子严谷孙继续造园。算一算，那一年严谷孙年仅19岁。父子两代的共同努力，将岳府改造成新型的四进院，这种四进院不是北京传统四合院的格局，气派和占地更要大得多。据说每一个院落都自成一格，不仅房间多，还都有自己花木扶疏的大花园。听老人介绍，说这里最显眼的是修竹、银杏和桂花树，一年四季都绿荫蓊郁，花开不断。

园子最后面亦即当年岳家景勋楼的旧址上，建成最负盛名的“贲园书库”。有人说，贲园取其“贲”字“气势旺盛、高起来”之意，其实，严雁峰别号贲园居士，在我看来，贲园就是自家书库而已。

和我们如今一些富商有钱就豪赌，或豢养“小三”“小四”，或投资时髦的足球与电视剧不大一样，严雁峰钟情于图书，有钱投在买各种珍本善本的书籍上，是一位名副其实的藏书家。在建贲园之前，他曾于光绪二十年(1894 年）入京，以巨资购进大批古书，装运四川；途经西安，见有人藏书出售，虽要价不菲，又不惜重金，倾囊而出，全部收进。一时豪举传为美谈。

可能是老天要给我一些补偿，那天，我去和平街寻洗马池未果，偶然听说贲园尚在，颇为兴奋。毕竟历史未曾完全如烟飘逝殆尽，便误打误撞闯进了贲园。

如今的贲园已经成为图书馆的宿舍，一片简易的矮层居民楼，立在那片曾经藏龙卧虎之地。走进不大的铁门，沿着一条干净的甬道走进去，甬道几十米，不长，但两旁楼群铺展，想当年肯定是左右轩豁，所谓口小膛大，腹内可撑万里船。

甬道尽头，被一扇铁栅栏门挡着，进不去了。隔着栅栏，可以看见正在修缮中的一扇月亮门，门脊上的瓦还没有盖全。隔着月亮门，有大树遮掩，依稀看见有灰色的小楼隐现，想那应该是贲园的藏书楼了。可惜，折回大门前的传达室，如何说想一览藏书楼的芳容，就是不给钥匙开门，只说需要听省图书馆的指示。

没有办法，第二天一清早找到省图书馆的馆长，才终于走进藏书楼。没有看见月亮门门楣上雕刻着两个篆字“怡乐”。据说，贲园里这样的题字颇多，最有名的还有严雁峰自撰请于右任书写的一副对联：“无爵自尊，不官亦贵；异书满室，其富莫京。”更是黄鹤不知何处去了。但是藏书楼上嵌着“书库”的隶书横匾，虽然斑驳，却清晰在目，留下岁月的一点物证。

楼前的小院，远没有我想象中的大，想以前读书曾经看到对贲园书库的介绍，说是“书库建在花园中”。那么，该比眼前的园子要大，要漂亮才是。藏书楼正在重新维修，院子里一片狼藉。但藏书楼两侧各有一棵高大的银杏树，像是以前留下来特意陪伴藏书楼的，百余年来，算得上为藏书楼红袖添香的知己。

藏书楼二层的建筑风格中西合璧，墙体灰砖磨砖对缝，近百年依然很结实，那时候的工艺不欺岁月和人。月亮门设于楼正中间，门楣之上的房檐和整座楼的房檐，都是灰鱼鳞瓦铺盖，典型中式。但门顶上是阳台，和门两侧对称的窗，尤其是二层窗上拱形券式的装饰，是清末民初西风东渐时洋味儿的四溢。

走进楼里，光线幽暗，地上遍布施工的杂物，楼梯还在，楠木地板还在，只是楼下楼上一样空空如也，面积并不大，两层也就二百米左右，真难以想象当年严氏父子那三十多万册的藏书济济一堂，是如何藏下的。据说，墙的四壁有通气孔，每扇窗前有气窗，可使空气流通，温度稳定，可惜我不大懂，未加仔细观看。还据说，书架书柜全是楠木、香樟。书库内对虫蛀、水沤、霉烂、发脆、脱页、断线等均有良好的预防设施，常年雇人在此翻书，防止虫蛀、水沤、湿气浸润，避免书页生霉、发脆，才完好地保护了这30万藏书，其中包括宋版孤本《淮南子》《淳化阁双钩字帖》及明“马元调本”珍版《梦溪笔谈》，这样珍本善本的书籍就有5万册，一直到新中国成立后才得以全部捐献给国家。确实不容易。严雁峰老先生曾告诫儿子说：“读书难，藏书尤难，藏之久而不散，则难之难矣。”只要想这多年来，历经战乱，严家将藏书全部装箱，分藏于大慈祠和龙藏寺，十余年后战火平息再搬回藏书楼，所历经的周折，便会感慨更不容易。可惜，这一切更是无法亲眼看见，只能遥想当年。

如此功能齐全又藏品丰富的民间藏书楼，难怪被称为成都的“天一阁”。来成都的文化名人，几乎无一不来贲园一亲书香，去看书库挂墙汉刻，插架明版，去和主人诗吟唐宋，谈慕魏晋。来过的人可以数出糖葫芦般一长串，其中最为成都人热衷的是张大千。抗日战争中，张大千来成都，住严谷孙家，贲园书库对他开放，同时，因张大千家属及随行弟子、伺从，一行迤逦有四十余人，严谷孙还为他准备了二十多间房屋居住。据说，张大千还养有老虎、猴子和藏獒等一列动物，每天所吃的大量肉食，也都是严家花费。这且不说，严谷孙还将院侧客厅改建成画室，特做一张巨型楠木画案。张大千在严家一住两年，其一丈二尺玉版宣画成的《西园雅集图》、大幅泼墨荷花、《杨妃戏猫图》均在这上面挥洒而就，并在文庙后的成都女子师范学校展览。日后，张大千到敦煌临摹壁画，回成都举办敦煌画展，包括来往路费等所有费用，都是严谷孙出资，为此，严谷孙不惜变卖了自家的家产。如此仗义疏财，皆因严谷孙和张大千同气相求，都属于大气象之人。

严谷孙先生于 1976 年去世，终年 77 岁。站在沧桑的贲园藏书楼前，想念这位可敬的老先生，他和他的父亲真的做到了“无爵自尊，不官亦贵”，支撑着他们这样尊贵品性的，是书。或者说，是如今我们爱说的文化。

不知道是不是我的奢想，不仅让藏书楼重见天日，也能让贲园整体恢复旧貌，这样不仅可以让这里成为一座公园，同时也可以让藏书楼重新立于花园之中，让书香随花香一起飘荡得更远。

2012 年 3 月记于成都

2012 年 6 月写于新泽西

书中自有忘忧草

——读《学者吴小如》

从美国小住回京，才看到燕祥老师转赠的《学者吴小如》。燕祥老师附信说，此书是吴小如先生的学生所编，今年小如先生整整九十周岁了。我知道，燕祥和小如先生交情弥深，且长达六十多年。书名便是燕祥所题。燕祥知道我喜欢小如先生的书法，特意转赠此书，并特意在目录上标出特别值得一看的文章。

此书收录了小如先生的学生、友人怀念和评述先生的文章。不仅把燕祥标出的文章读完，因为我爱看京戏，曾读过小如先生关于京戏的著作，便将后面有关这方面的文章一一读了。小如先生曾有诗云："书中自有忘忧草。"倒时差夜间常常醒来再也睡不着，索性读这本厚厚的书，倒也真的又解忧又忘记了长途颠簸的疲劳。

小如先生学问精深，对于我这样浅薄的人而言，只有高山仰止的份儿。读完这本书，最大的收获，不仅是让我了解先生的学问，更是感知了先生的冰雪精神，赤子之心。尤其看他的少作，特别是对于名家和他的老师的评点，直言不讳，率真而激扬，真是令人格外感喟。因为这样的文字，今日几成绝响。

看他批评钱钟书:“一向就好炫才。”说钱虽才气为多数人望尘莫及,但给读者“最深的印象却是‘虚矫’和‘狂傲’”。他批评萧乾的《人生采访》文字修饰功夫“总嫌他不够扎实”。他批评师陀的《果园城》“精神变了质”:“失败的症结不在于讽刺或谴责,而在于过分夸张——讽刺成了谩骂,谴责成了攻讦。”他批评巴金的《还魂草》拖泥带水,牵强生硬,“一百多页的文字终难免有铺陈敷衍之嫌”。

就是自己的老师,他的批评一样不留情面,敢于指手画脚。比如,对沈从文的《湘西》等篇,他说道:“格局狭隘一点,气象不够巍峨。”“作者的笔总还及不上柳子厚的山水记那样遒劲,更无论格古情新的《水经注》了。”对于废名,他直陈不喜欢《桃园》,因为“没有把道载好”,“即以‘道’的本身论,也单纯得那么脆弱,非‘浅’即‘俗’”。

说起少作,小如先生说自己是“天真淳朴的锐气”。燕祥说他“世故不多,历来如此”。我想,这应该就是小如先生的老师朱自清所说过的那种“没有层叠的历史所造成的单纯”吧。学者也好,文人也罢,如今这种单纯已经越发稀薄,而世故却随历史的层叠,尘埋网封,如老茧日渐磨厚磨钝。

我一直以为,只有这种精神存在,文人之文,学者之学,才有筋骨,也才有世俗所遮蔽下独出机杼的发现。

当然,这样的评点和解读,并非仅靠剔除了世故的单纯和锐气,依托的更是学问的扎实。小如先生讲“治文学宜略通小学”,他提出分析作品的四条原则:通训诂、明典故、查背景、考身世。虽语不惊人,却至今依然是做学问的醒世恒言。

我喜欢杜诗,便特意看他关于杜诗的讲解,果然不同凡响。比如说《夜宴左氏庄》“林风纤月落”一句,他说一定是林风,不能是风林,因为林风是徐来之风,风林是刮大风,破坏了诗的意境。说《醉时歌》“灯前细雨檐前落”一句，“灯”与“檐”的位置不能互换，并举《醉翁亭记》中“泉香而酒洌”，与“泉”和“酒”的前后位置一样。在《兵车行》“车辚辚，马萧萧”一句，同时举《出塞》“马鸣风萧萧”，李白的“挥手自兹去，萧萧班马鸣”，及“风萧萧兮易水寒”，指出同样“萧萧”一词，在训诂、气氛和意境中的不同。

再看他的《京剧老生流派综说》，论及余叔岩和谭鑫培，指出余对谭有超越；论及马连良和孟小冬，指出马的继承和发展，而孟则恪守师承。说得客观而深刻，都是行家的知味之言。论及杨小楼的孙悟空，他说杨把悟空演成了一个仙人，一个超人，基础在于人性，而不像有些人只是模仿甚至是模仿动物的缺点的皮毛之相。论及梅兰芳的《奇双会》，他指出中国传统悲剧的特点与西方戏剧的不同，在于是蕴藏在喜剧之中，是深藏在背后的悲剧。

无论杜诗，还是京剧，都说得让人开眼界。随手举出的例子，拔出萝卜带出泥，清新、细致，而连根带须，又汁水淋漓，脆得嘎嘣响。如同小如先生在论述朱自清时说的“往往能把顶笨重的事实或最繁复的理论，处分得异常轻盈生动”。这样的本事，来自智慧和锐气，来自襟度和眼光，更来自学问，方才能够“寸心未与年俱老”，始终保持鲜活的生气。

说起学问，想起小如先生曾经说过这样的一段话：“再有些人，虽说一知半解，却抱了收藏名人字画的态度，对学问和艺术，总是欠郑重或忠实。”对于今天的学术、艺术，或作家与作品，这段话依然有警醒的意义。对待上述的一切，我们确实是“抱着收藏名人字画的态度”，有些谦卑，有些妄想，有些世故，有些自己的小九九，有些膝盖发软，只是没有一点儿脸红。

谨以此薄文为小如先生九十岁寿。

2012年7月24日于北京

文人的友情

去华西坝那天，阳光格外灿烂。尽管如今一条宽阔的大马路将其一分为二，但还是切割不断它的漂亮。1910 年，美、英、加三国五个基督教会联合在这里建立了华西协和大学，华西坝的名字，成了成都人为学校起的一个亲切的小名。

如今，校园虽有了变化，但嘉德堂、合德堂、万德堂、懋德堂、怀德堂几个“德”字堂还在。苏道璞纪念馆还在。最重要的钟楼还在。这是当年华西协和大学的标志性建筑。钟楼的前面是一条长方形的水渠，水前是一块小型的广场，水边是绿茵茵的草坪和柳树掩映。钟楼后面是半月形的爱情湖，湖畔绿树成荫，一下子，满湖满地的阴凉和清风，幽静得把阳光和不远处大街上车水马龙的喧嚣都融化在湖水之中了。

忍不住想起了陈寅恪当年写华西坝的诗，几乎成了华西坝的经典：“浅草方场广陌通，小渠高柳思无穷。”

想起陈寅恪，是因为到华西坝来还有另一个目的：访前贤旧影。抗战期间，中央大学、金陵大学、金陵女子大学、齐鲁大学和燕京大学五所大学从内地迁到华西坝。这是华西坝最鼎盛的时期，可以和昆明的西南联大媲美。当时，名教授云集华西坝，陈寅恪受聘燕京大学和华西大学中国文化研究所，将女携妻从桂林一路颠簸来到成都，教授魏晋南北朝史、元白诗等，是那时学生的福分，成为他们永恒的回忆。

在华西坝，陈寅恪一共待了一年零九个月的时光。这一年九个月里，发生了两件大事，一件是迎来了抗战的胜利。他曾喜赋诗道："降书夕到醒方知，何幸今生见此时。"又忧心忡忡："千秋读史心难问，一局收枰胜属谁。"一件便是他的眼疾，来成都之前，他的右眼已坏，在华西坝，他的左眼失明。

如今，已经很难想象那时如陈寅恪这样有名的教授的生活艰辛了。虽然，来华西坝，他有两份教职，却依然难敌生计的捉襟见肘。他有这样的诗："日食万钱难下箸，月支双俸尚忧贫。"加之目疾越发严重，弄得他的心情越发不堪。他 56 岁的生日是在华西坝度过的，那一天，他写下了这样苍凉的诗句："去岁病目实已死，虽号为人与鬼同，可笑家人作生日，宛如社祭奠亡翁。"

这样的时刻，越发凸显陈寅恪和吴宓的友情，正如杜诗所说：谁肯艰难际，豁然露心肝？在华西坝，我找到了陈寅恪当年教书和居住的广益学舍，很好找，出学校北门，过条小街便是。小街依旧，广益学舍部分也还在，关键是陈寅恪当年住过的地方还在，现在成了幼儿园。不巧的是，恰逢星期天，幼儿园铁门紧锁，无法进去。只好趴在门栏杆前看那座小楼，和校园的建筑风格一致，也是青砖黑瓦、绿窗红门，由于为幼儿园用，被油饰得艳丽，簇新得全然不顾当年陈寅恪已经看不到这样的美景了。

那时候，吴宓经常从自己家来这里，或从医院陪陈寅恪回这里的。从吴宓日记里可以看到，在陈寅恪住院治疗眼疾的那些日子里，特别陈妻病后，吴宓天天到医院陪伴。有时候，吴宓把写好的诗带到病房读给他听："锦城欣得聚，晚岁重知音，病目神逾期，裁诗意独深。"当时吴宓身兼数职，收入比陈寅恪好，便拿出万元做陈家家用。陈寅恪离成都赴英国治疗眼疾时，吴宓是要护送前往的，不想临行前自己突患胸疾，只好忍痛相别。趴在幼儿园铁门栏杆前，想起这些前尘往事，心里为那一代学人的友情感动和感喟。

1961年，吴宓到广州，见陈寅恪最后一面。那时，陈寅恪沦落于中山大学一隅，已是门前冷落车马稀。陈寅恪有诗相赠："暮年一晤非容易，应作生离死别看。"想象两个小老头相见又分手的情景，总让我想起放翁晚年和老友张季长的旷世友情，放翁曾有这样一句诗赠张："野人蓬户冷如霜，问讯今惟一季长。"几百年间，文人的境遇竟是一样，文人的友情也竟是一样。

2012年11月于北京

听吴小如讲杜甫

在杜甫诞辰1300年的日子里，读吴小如先生的新著《吴小如讲杜诗》（天津古籍出版社，2012年9月版），快意、惬意，且会意。

关于杜甫的诗，我只读过仇兆鳌的《杜诗详注》和浦起龙的《读杜心解》。与之相比，吴小如先生的新著，比仇著要简约爽朗，比浦著要翔实厚重，更重要的，是带给我们对杜甫解读新的见解和路径。全书一共15讲，每讲精心挑选几首，却拔出萝卜带出泥，勾勒出杜甫的一生以及杜甫所处的动荡年代，是以诗带史，将诗穿心。

小如先生讲杜甫时最讲究的方法之一，是“对读”。大概如小如先生所说：“现在我们讲诗歌缺乏比较。”便格外着重于这一点。“对读”，就是比较。在这本书中，“对读”的方法，不止一种，风姿绰约，我最感新鲜且收获颇丰。

以杜诗“对读”杜诗，是小如先生运用最多的方法，见其治学的精到和别出机杼。《登岳阳楼》对照《江汉》；《醉时歌》对照《饮中八仙歌》；《秋兴》中“同学少年对不见，五陵衣马自轻肥”，对照《狂夫》中的“厚禄故人书断绝”；《房兵曹胡马》对照《画鹰》，真马如画写其神，画鹰鲜活写其真；《登高》对照《白帝》，“前半截写景，气势很壮，但后面写得很惨”，在讲“万里悲秋常作客，百年多病独登台”，离乡万里—又赶上秋天—多年在外漂泊，这样三层倒霉的意思时，又带出《宿府》，指出永夜—角声—悲自语，中天—夜色—好谁看，也是三层意思层次递进……

最精彩的是将《丹青引》《观公孙大娘弟子舞剑器行》和《江南逢李龟年》三首一起对读。一位画家，一位舞蹈家，一位音乐家，都是昔年身怀绝技，都是如今和杜甫一样沦落天涯，三人的遭际命运，和杜甫互为镜像，写不尽的沧桑之感。在这样的对读之中，诗与人一并立体感强烈，分外令人感喟。

以杜诗“对读”他者，也是小如先生爱用的方法，见其学问的广泛和触类旁通。“美人为黄土，况乃粉黛假”（《玉华宫》），对照辛弃疾“君不见，玉环飞燕皆尘土”，指出辛词是化杜诗而来；“茂树行相引，连山忽望开”（《喜行达所在》），对照孟浩然“绿树村边合，青山郭外斜”，指出孟是从城里到乡村，视野开阔，心情开朗，杜是从长安走小路跋涉之后快到目的地才眼界大开，走路艰难，两厢心情大不相同；“花重锦官城”（《春夜喜雨》）的“重”，对照白居易“鸳鸯瓦冷霜华重”和陆游“雨余山翠重”的“重”，指出此处的“花重”是花开的繁茂而不是被雨打湿得耷拉下来……

特别讲到陶诗闲适风格时，将杜甫与王孟韦柳相比照，说王维是“阔人的闲适”，孟浩然是“老有点儿浮躁的成分”，韦应物和柳宗元与陶诗也有距离，“反而是杜甫入川以后、刚到成都写的几首诗，倒和陶渊明的感觉特别接近”，因为杜陶二人都是生活贫困，又豁达乐观；都有忧患意识，并不纯粹闲适；都有真感情；分析得丝丝入扣，令人信服，而且将一贯认为杜诗沉郁的风格拓宽，进行多样化的展示。

以杜诗“对读”京戏，是书中涉笔成趣最有意思的部分。由于小如先生酷爱京戏，所以常常可以在讲解杜诗时手到擒来，顺便讲起京戏，挂角一将，作一番生动的比附和相互映照。比如，讲杜诗沉郁顿挫风格时，小如先生讲起四大名旦之一程砚秋，说“程腔是有顿挫，但无棱角，如果顿挫出现了棱角，说明演唱底气不足”。然后指出顿挫是“一层深似一层，但不要让人看出斧凿的痕迹，不要让人觉得你拐直弯儿”。接着进一步指出沉郁和顿挫的关系，沉郁是指内容，顿挫是指表现，只见棱角，没有发自内心的东西是不行的，“把灵魂深处的东西都表达出了，这就叫‘沉郁’”。

再比如，讲《赠卫八处士》结尾两句“明日隔山岳，世事两茫茫”，小如先生讲起程砚秋演出的京戏《红拂传》最后一句唱“此一去再相逢不知何年”时说：“剧情是一个饮酒的欢娱场面，舞剑助兴，舞完了，就是这一句，红拂内心的话说出来了。这不就是杜诗的‘世事两茫茫’吗？”“这两句的思想感情，与程砚秋的戏的最后一句一样，越琢磨越深。”如此别开生面的讲解，让纸上文字风生水起，和舞台表演一样赋予了形象和声音一般，是任何人讲杜诗都未曾见过的景观。

当然，这本书的内容很丰富，比如，细微之处的深入浅出和真知灼见，还有幽默，都是格外难得的。讲《月夜》“何日依虚幌，双照泪痕干”，小如先生讲“什么时候，回到家，拉上窗帘，我们夫妻团聚，‘妻孥怪我在，惊定还拭泪’，难免要悲伤，在月下，我们都哭了，哭着哭着，又转悲为喜，所以是‘双照泪痕干’，这五个字里蕴涵了多少意思！”讲得真的是平易，又情感蕴藉，般般情景，如状目前。讲《蜀相》头两句“丞相祠堂何处寻，锦官城外柏森森”，仇注认为是自问自答，小如先生指出是诸葛亮在杜甫心目中位置崇高，杜甫一到成都就迫切去参谒武侯祠，“可绝不是普通的打听道儿怎么走，那就不是诗了”，讲得新鲜别致又切实熨帖。讲《赠卫八处士》“共此灯烛光”一句，小如先生说“我们在一盏灯烛光下见面了，很有味道，要是‘共此太阳光’就没意思了”，讲得令人忍俊不禁。

书中有一则逸事很有趣，小如先生讲他父亲吴玉如先生当年讲课时测试学生文学智商，试卷有这样一道填空题：一叶落（　）天下秋，填“而”字满分，填“知”字及格，填“地”字不及格。“而”是虚词，有想象空间；“知”是实词，太实了；“地”，叶子不落在地上还落在天上吗？太糟了，肯定不及格。这是这本书的额外赠品。在杜甫诞辰1300年的日子里，诗离我们是越来越近，还是越来越远？不必让所有人都做这个填空题，只是让我们自称文化人的人填一下空即可，一叶知秋，便可测试出如今我们共有的文学智商、文学欣赏与接受程度的水平。

2012年12月4日于北京

假如我与英雄生活一天

——拟答2015年高考北京作文题

今年高考，北京大作文题是两选一：《假如我与心中的英雄生活一天》和《深入灵魂的热爱》。有意思的是，绝大多数的考生选择了后一题。在英雄与灵魂的选择中，莫非北京的考生真的注重了灵魂？或者是对灵魂偏有所爱？还是觉得后一题更好写些？

在我看来，比起前一题，后一题更难些。写热爱容易，写深入灵魂则难，灵魂是抽象的，比起具象的英雄，更难捕捉和把握。

忽然想，如果让我来写这作文，该如何选择，又如何来写？便想，我会选择前一题。毕竟英雄，不管逝去的，还是活着的，都是具体的，有血有肉的，有情有义的，可触可摸的。

我会写中国远征军的戴安澜将军。他当然是一位伟大的英雄，在抗日战争中立下奇功，荣获过美国政府颁发的英雄勋章，成为赢得美国勋章的第一位中国军人，仅仅38岁，壮烈牺牲在缅甸抗日的战场上。今年，是反法西斯战争胜利70周年，写这位抗战英雄戴安澜将军，正逢其时。

我会这样写：

如果真的有机会，我能有幸和戴将军生活一天，我要珍惜命运中这仅有的一天时间，跟随并协助戴将军，做一件戴将军最希望做的事情。戴将军牺牲于1942年，迄今已经过去了73年，我想戴将军最想念的，一定是当年他带领出征缅甸的二〇〇师那九千名将士。是这九千名将士，跟随着他在刀光剑影中出生入死，是他们在同古大战中面对多于他们四倍的日军而扬威不惧，一举歼敌五千多，赢得举世闻名、震撼人心的胜利。

是的，如果英雄是一把照亮时代与人心的火炬，再亮的火炬，也是由一点点的火星凝聚一起而熊熊燃烧起来的。"没有这九千名弟兄，就没有我戴将军。"我相信，戴将军一定会这样对我说。这九千名将士，却有五千名壮烈牺牲在缅甸。而无论在缅甸，还是在我们中国，如今，却没有一座纪念碑，刻下这五千名烈士的名字。我想，戴将军最希望做的，一定是建一座纪念碑，刻上这五千名烈士的名字。"牺牲在远征缅甸战场上的，不仅戴将军一位英雄，还有五千名英雄。"戴将军一定会这样对我说。

我要很遗憾地对戴将军说："可惜，这五千名英雄中，我们现在只找到56个名字。"戴将军会是一愣，为什么仅仅过去了70年，就这样快遗忘了那么多英雄的名字？戴将军会把这疑问藏在他紧蹙的眉头，他会对我说："那就一定先把这56个英雄的名字，刻在纪念碑上吧！"然后，他还会对我说："你知道吗？在缅甸的佛教圣地自敢山上有一座碑，还刻着日本死在那里的763匹战马的名字。"他说完这句话，一定非常沉痛，也非常沉重。因为在战时的对峙中，他有足够的力量对付敌人；在战后的对比中，很多历史已经随硝烟消散，很多鲜血被鲜花取代。

我不知道该如何安慰戴将军，同时，我不知道能不能在这有限的一天时间里，完成戴将军这样唯一的希望，建一座纪念碑，先刻上那56名英雄的名字。

“怎么？难道我们死去的英雄还不如日本的战马吗？”我担心戴将军看见我脸上露出的一丝犹豫，会这样冲天一怒，对我厉声喝道。我要赶紧抢先对戴将军说：“戴将军，尽管只有一天的时间，但是，我们一定要先找到一块墓地。立起一座纪念碑，恐怕暂时来不及了。但是，我们可以先立下一块基石，请您先为纪念碑奠基，填上第一锹土。然后，我们再刻上56名烈士的名字，再找回那五千名烈士的名字，等把这五千名烈士的名字全部刻在纪念碑的那一天，再请您回来，允许我再陪您一天，好吗？”

我想，戴将军会不再讲话。我不知道他是欣慰，还是心酸。

我也不知道，老师会给我的这篇高考作文打多少分。

2015年6月8日于北京

第三辑　花飞蝶舞梁谷音

早春二月

——怀念孙道临先生

18 年前的夏天，我如约到北京的北长街前宅胡同上海驻京办事处，孙道临先生已经早在胡同口等候着我了。记忆是那样的清晰，一切恍如昨天：他穿着一条短裤，远远地就向我招着手，好像我们早就认识。我的心里打起一个热浪头。第一面，很重要。

要说我也见过一些大小艺术家，但像他这样的艺术家，我还是第一次见到，他的儒雅和平易，也许很多人可以做到，但他的真诚，一直到老的那种通体透明的真诚，却并非所有人能够达到的境界。

那天，我们在上海办事处吃的午饭，除了吃饭，我们谈的是一个话题，那就是母亲。他说他在年初的一个晚上看新的一期《文汇月刊》，那上面有我写的《母亲》，他感动得流出了眼泪，当时就萌生了一定要把它拍成一部电影的念头（其实那只是一篇两万多字的散文），经过了半年多的努力，他终于说服了上海电影制片厂，决定投拍，让我来完成剧本的改编工作。他对我说，读完我的《母亲》，他想起自己小时候在北京西什库皇城根度过的童年，想起自己的母亲。他也想起了在“文革”残酷的岁月里，他所感受到的如母亲一样的普通人给予他的难忘的真情。

那天，他主要是听我讲述了我的母亲的故事和我对母亲无可挽回的闪失和愧疚。他听着，竟然情不自禁地落下了眼泪，我不敢看他的眼睛，因为我从来没有见过70岁人的眼睛居然没有浑浊，还是那样清澈，清澈得泪花都如露珠一般澄清透明。他忽然站起来对我说："我为什么非要拍这部电影？我不只是想拍拍母爱，而是要还一笔人情债，要让现在的人们感到真情对于这个世界是多么的重要！"

我们一老一少泪眼相对，映着北京8月的阳光的时候，我感受到艺术家的一颗良心，在物欲横流中难得的真情，和对这个喧嚣尘世的诘问。那天回家，对着母亲的遗像，我悄悄地对母亲说："一个北大哲学系毕业、蜚声海外的艺术家，拍摄一个没有文化平凡一生的母亲，并不是每一个母亲都能够享受得到的。妈妈，您的在天之灵可以得到莫大的安慰了。"

剧本断断续续写到了一年多以后。那天，为再一次修改剧本，我从北京飞抵上海。是个傍晚，正好赶上他去安徽赈灾义演，他在电话里抱歉说没有能够接我，却特地嘱咐别人早早买下了整整一盒面包送给我，怕我下飞机误了晚饭。打开那一盒只有上海做得出来的精巧的小面包，心里感到很暖，那一盒面包足足吃到了他从安徽回来。

剧本定稿的时候，他请我到淮海中路他的家中做客。我见到了他的夫人王文娟，他们两口子特意做了冰激凌给我吃，还把那个季节里难以找到的新鲜草莓，一只只洗得清新透亮，精致地插在冰激凌里。我和他说起了电影《早春二月》。我说起第一次读柔石的小说时，我在读高二。那时，我们到北京南口果园挖坑种树，劳动之余，同学之间在偷偷传递着一本书页被揉得皱巴巴像牛嘴里嚼过一样的《二月》。书轮到我的手里，是半夜时分，我必须明天一早交给另一位守候的同学。老师还要在熄灯之后严加检查，我只好钻进被子里，打开手电筒，看了整整一夜。

他静静地听我说完，告诉我当时拍摄和后来批判《早春二月》时的许多事情。我问他萧涧秋是不是他自己觉得扮演得最重要也是最好的角色，他对我这样说：新中国成立以后，一直都在努力改变以往在屏幕上的形象，希望塑造工农兵的新形象，便拍摄了《渡江侦察记》和《永不消逝的电波》。但是在这之后，他一直渴望有新的突破，在塑造了工农兵的形象之外，能够塑造更吻合他自己本色与气质的知识分子的角色。终于等来这样一部《早春二月》，他非常兴奋，也非常看重。他说不仅他自己看重，就连夏衍先生也非常看重，特别在他的剧本中详细地批注和提示。没有料到，这样一部电影，付出了他极大的心血，却让他吃了不少苦头。那天的交谈，让他涌出许多回忆和感喟，颇有“别来沧海事，语罢暮天钟”的沧桑之感。

对于我们这样的一代人，随历史浮沉跌宕之后，有些普通的词，便不再那么普通，而披戴上岁月的铠甲，比如“老三届”“红海洋”“黑五类”……早春二月，便是其中一个意味寻常的词。这个词不仅有我们的青春作背景，也有孙道临先生的演绎作依托。因此，我一直认为，萧涧秋是他扮演的最重要也是最好的角色，他不仅成为新中国电影史的一部分，也是中国知识分子心路历程的一部分。从某种程度而言，孙道临和萧涧秋互为镜像，有着内心深处的重叠。

我和孙道临先生往来不多，却有过通信，作为晚辈，我常常得到的是他对我的关怀和鼓励，偶尔也透露着他的隐隐心曲。

1994 年 2 月，他寄给我两张照片留念，都是在 1993 年拍照的，一张是 9 月在海南，一张是 5 月在新疆，他 72 岁的高龄骑在骆驼上跋涉戈壁滩。他在信中说：“影事难题太多，1993 年，我不务正业，东奔西跑，倒也增加不少阅历，只是‘心为物役’的感受越来越强了，也好，总要设法摆脱，让想象好好驰骋一番吧！”

1995年2月，我寄他两本我的新书，里面有那篇《母亲》。他写信对我说：“再次读了你写的关于母亲的文章，仍然止不住流泪。也许是年纪大了些，反而‘脆弱’了吧。总记得十七八岁时是要理智得多，竟不知哪个时候的自己是好些的。”

我之所以选出这样两节，是想说过去常讲的是老骥伏枥、壮心不已，其实对于中国知识分子而言，老骥之时更需要的是对于自己和历史清醒一点的检点和反思。孙道临先生对于我们的可贵，正在于他一直保持着一个艺术家对于自己和过去的历史与现世的时代的反思和诘问，他的真诚才不止于一般的旨在澄心，而是持有那种赤子之心。这一点，我以为是和《早春二月》里的萧涧秋一脉相承的，或者说其中的矛盾彷徨自省与天问一般追寻，是有良知又有思想的艺术家的本质和天性。

如果不是意外的巧合，就一定是命中的注定，我和孙道临最后一次交谈是在十多年前的早春二月，窗外上海特有的法国梧桐悄悄地萌发着沁人心脾的新绿。如今，又一个早春二月来临了，孙道临先生，您在哪里？

2008年2月17日写于北京

重逢文国刚

奥运会期间，我接到一个电话，竟然是文国刚打来的，我感到很突然。我和他已经16年没有见了。彼此萍踪不定，地址和电话都早已变了，他居然找到了我。我问他现在在哪儿，怎么这么多年音讯杳无？他告诉我他2001年退休就去了美国，在哈佛大学的击剑俱乐部当教练，他教的一个学生参加了美国队，刚拿了女子花剑团体亚军。他是专程回国看奥运会的。

他又告诉我，昨天和体育界的老朋友一起吃饭，原国家体委击剑处的老处长、他的老领导、新中国击剑事业的创始人之一林厚儒对他说："有人替你鸣不平呢。"然后送给他一张报纸，上面有我写的一篇文章《有的人不应该忘记》。我写了栾菊杰50岁参加奥运会，最后打出"祖国好"的横幅，然后，是几乎国内所有报纸对其铺天盖地的报道，和几家电视台对她的专访节目。当然，这非常好，表达了她对祖国和体育的感情，和体育迷们怀旧的情感。只是有些稍稍的不满足，在如此多的报道中，没有一处提她的教练一个字。她的教练就是文国刚。是文国刚改变了栾菊杰的握剑方法，解决了她重心不稳、剑锋下塌和爆发力不足、方向不准的致命弱点。可以毫不夸张地讲，没有文国刚，就没有栾菊杰的声名鹊起。而悲惨的是那时仅仅因为家庭出身问题，文国刚在击剑队里还只是一个没有户口的临时工。在20世纪70年代末和80年代初，我写过报告文学《剑之歌》，并出过一本书《天下第一剑》，对此情况很熟悉。

文国刚看完这篇文章，千方百计地找到了我。那年采访他的时候，我在他的一个笔记本上看到他写的这样一句话：心近路就不会远。他是一个重情重义念旧的人。电话里，他的话让我感动。

奥运会结束之后，在他回美国之前，我找到了他，他的家门虚掩着，专门等我，这个小小的细节让我心里一动。他非要请我吃饭，他说你看我们认识这么多年，我还没有请你吃过饭呢。如果你到波士顿，我请你吃那里的龙虾和蓝蟹。

饭间，他的妻子小计也在座，我和她也非常熟悉，这位武术高手，国际裁判，被邀请去了美国担任武术比赛的裁判长。于是，有了他们人生路上的又一次旅程。那是2001年，文国刚退休之后，他们来到美国，竟然开始了独闯天下的新旅程。那时，他已经61岁，不是年轻的小伙子了，而且在国内他早已经功成名就，培养过如奥运会冠军栾菊杰，奥运会亚军王会凤，亚运会冠军王海滨、董兆致等人，老本吃都吃不完，完全可以颐养天年，或当当指手画脚的老太爷，却偏偏还要仗剑长行，远渡重洋，在一个举目无亲的地方重新开始新生活，这得需要多大的勇气。

不过，这就是文国刚的性格，他对我说："你还不了解我，都是这样飘荡惯了，那年大学快毕业了，我不是说走就走，从长沙跑到了南京？"我知道，他指的是1959年，那时他还是湖南体育学院三年级的学生，再有一年，毕业文凭就拿到手了。这时，我国第一支击剑队在南京成立了。文国刚和几个年富力强、血气方刚的伙伴，毅然决然放弃了大学文凭，告别了美丽的校园和依依挽留他的老师，提着一个简单的行李包，来到了南京，创建了我国历史上第一支击剑队。

范蠡乘舟，退隐江湖，功成名就之后，急流勇退，自然是一种人生的也是体育的态度；廉颇不老，执着疆场，花好月圆之后，激流勇进，同样也是一种人生和体育的态度，而且是更为值得尊敬的境界。因为长闲有酒，一溪风月共清明，固然是一种不错的诱惑；老去情怀，犹作天涯万里梦，却是更执意的追求。

他就这样去了美国，就像当年一个大学生一样，拼打生活，吃住行，包括语言，一切靠自己努力，动荡如同大海波浪中颠簸的一条船。但他喜欢过这样的生活，他喜欢让自己的这条小船上扯满风帆，扑满风雨，兜满阳光，而不喜欢把这条小船做成精致的标本，摆放进客厅的橱柜，只作为过去时态的回忆。他愿意过这种现在进行时的富于挑战的生活，或许，这就是经年体育生涯给予他的馈赠吧，这也就是体育的精神对于人的性格的陶冶吧。他在选择挑战自我的时候，也选择了挑战命运。

他和小计一起，在美国白手起家，转战几个州，开办击剑俱乐部，一个主内，一个主外，你耕田来我挑水。这一对患难夫妻，又找到年轻时的那种感觉，时光倒流，往日重现。富于挑战意味的日子，艰苦，却也有难得的乐趣。有能力有才华的人，无论在哪里都会显现出来，越来越多的人知道他就是奥运会冠军的教练，当地的报纸也来专门采访，他的声名日隆。他再一次感受到一株树慢慢地长大，然后开满缤纷的花朵的那种感觉，那是一种青春的感觉。他很快便被哈佛大学的俱乐部看中。于是，他又像一条充满生机的小河，在流过了浅滩和险滩之后，流过了冰封和枯水季节之后，渐渐有了生机和力量，山随平野尽，江入大荒流。

他带领的哈佛大学男女花剑队年年获得常春藤大学比赛和全国比赛的冠军。他很有些骄傲地拿出那些获奖的照片给我看，然后对我说：“在哈佛，谁拿到了冠军，运动员和教练员的照片都挂在体育馆的墙上，快一百年了，墙上挂满了照片。”我对他说：“等我去哈佛，你要带我看看你的照片。”他笑着说：“好呀，那也是咱们中国人的照片。”说着，他从手指上取下一枚镶钻的金戒指给我看：“每获得一次冠军，发一枚这样的戒指。”然后，他把这几年获得的戒指都拿了出来。小计也把自己手指上的戒指摘下来给我看，虽然冠军没有任何奖金，但教练员的妻子也发给这样的一枚冠军戒指。

名誉比金钱重要，经历比头衔重要，过程比结果重要，扑满风雨的小船比精致的标本重要。文国刚和他的妻子都是这样的人。

哈佛大学给文国刚的工作签证到2013年。他说：“我肯定干不到那一年，那一年，我都74岁了。我顶多再干3年。”但我有些怀疑，他刹得住吗？车子已经在高速路上飞驰了，他告诉我连小计的车都开80迈，相当一百多公里呢。难得他们找回了青春的感觉和速度。

2008年8月27日于北京

花飞蝶舞梁谷音

上海昆曲团成立30年，要到北京演出，听说这消息，我早早一个多月前就买好了票，其中最想看的是梁谷音的《蝴蝶梦》。

我对昆曲一窍不通，也不想跟随如今新潮的昆曲热凑热闹。昆曲名角众多，却因见识浅陋，只知道一个梁谷音。之所以记住了她，缘于几年前读过她的一则文章，印象很深，说她2001年在美国华盛顿索米博物馆，不愿意在博物馆安排好的小剧场里演出，偏选在了小小的展厅里演了《琵琶记》里“描容”一折。只是一人、一笛、一鼓，没有舞台，甚至没有任何布景，也没有字幕翻译，却演得那帮美国人都看懂了，不仅看懂了，而且还随着赵五娘为婆婆描容来祭奠的悲悲戚戚的感情起落而潸潸泪下。这样的情景，很让我着迷，很是向往，充满想象。梁谷音究竟有什么样的魔力，可以将一曲昆腔如此出神入化，穿越时空，沟通起不同文化背景的人们的心灵？

《蝴蝶梦》是一出清人的剧，旧时叫《大劈棺》，说有迷信和黄色内容而被禁演。其实，它不过借庄子说事，将一则庄周梦蝶的故事重新演绎，其中对于爱情与婚姻的质疑，颇具有后现代的意味。今天看来依然具有清新撩人的醒世味道。庄周最后唱“万古大梦总相如”，真的是现代故事的古装版，今古交替，充满反讽，互为镜像。梁谷音饰演的庄周的妻子田氏，第一场“扇坟”，一出场破扇遮脸优美碎步的亮相，就赢得了满堂彩，确实精彩。爱情失去了信任，猜疑和试探成了家庭的主旋律，庄周荒诞装死，化作翩翩美少年楚王孙，冒充庄周的学生，打上门来，以图与师母玩一段师生恋，来考验妻子一番。果然立马奏效，田氏对其一见钟情，恨不相逢未嫁时，乃至为救心上人楚王孙的性命，不惜举斧大劈棺取先夫的脑仁用上一用，真可谓将情与爱、性与欲推向极致。梁谷音将这样一个性格复杂、内心丰富、情感大起大落的妇人，演得花飞蝶舞、鸟啼梦惊，如此风姿绰约，曲净天青。

舞台剧与影视不同，无法出现大特写，一般观众看不大清演员的面目表情，更不会如纸面的小说，可以铺陈大段的心理描写。这就要看我国古典舞台剧演员演出的魅力了。最让我惊叹的是梁谷音能够将看不见的心理和心情演绎得惟妙惟肖，如状目前，看得见，摸得着。这真是本事。她唱工曲折与微妙，我不懂，但看她身段与台步，水袖和眼神，真的是一枝一叶总关情，似乎都会说话，都长着眼睛，都绽开着笑靥。一招一式，拈襟揽袖，曳裙拖裾，带动得整个舞台跟随着她一起婆娑摇曳，柔柔软软，飘飘欲仙。

别看舞台朴素至极，几乎没有什么新奇和高级的装置，演员也没有浩浩荡荡的人马，一共只是四个人演出，却将舞台充满气场一样，满满盈盈荡漾着的都是戏的神韵和魂儿，咫尺天地，无限江山。

梁谷音善于运用手里的小道具，扇子、红纱、喜花，乃至最后出现的斧头，都被她得来全不费功夫一样，化为了她的另一种表情和风情，彻底地成了属于她自己的一种艺术创作。特别是那一方透明的红纱，袅袅婷婷，让她上下左右、胸前身后、眼前嘴中、地上地下，翻飞得如同一个火一般燃着的精灵，让我忍不住想起理查·施特劳斯根据王尔德的《莎乐美》改编的歌剧里的那段“七重纱”舞，有着异曲同工之妙。借助它们，将一个闺中寂寞难禁、春心荡漾、欲火中烧、于心不甘又急不可耐、万千风情又敢于叛逆而铤而走险的妇人，拿捏得恰到好处，勾勒得须眉毕现。那种含情欲说、媚眼相看、心事难付、情结如蛇一样盘结的错综复杂，那种从含羞、哀怨到娇憨到放纵得最后情感喷薄而出，大写意的水墨画中墨汁淋漓的洇染一样，一点点层次分明地呈现出来，将简单的舞台舞动得风生水起。

想想在华盛顿她演出的“描容”，能够令那么多美国人动容，也就信服了。

真不敢想象梁谷音竟然已经是66岁的人。这就是戏剧的魅力。它混淆了现实与艺术的界限，它让一个演员永远年轻，而将年龄溶解于舞台虚拟与梦幻之中。散场后的北京，月白风清，夜空如洗，难得的清爽，总还想起谢幕时梁谷音将观众献给她的鲜花又使劲儿抛向观众席的情景，心里盛满感动，和对她的敬意与祝福。

2008年10月13日于北京

老板的汗血马和骆玉笙的花盆鼓

新近，由美籍华人跨界导演，推出的一场新派京剧《霸王别姬》中，最令人叹为观止的是，最后竟然不伦不类地牵上一匹汗血马，充当乌骓马抖擞上台，在乌江边让霸王与之告别。看最新一期《三联周刊》报道，这匹汗血马价值几百万，是投资排演这出京剧的老板的心爱之物，他希望导演让这匹汗血马登台露个脸儿。于是，这匹汗血马，和霸王一起联袂也成为戏里的一个角儿。

这实在是件有意思的事情。资本介入艺术演出的市场之后，无论国内还是国外，历来什么事情都可以发生。以前听说，投资戏和影视的老板为捧红自己心爱的女人，要求导演让其出任主角或其他角色，凭着老板的财大气粗，导演和剧组无可奈何，只好签下城下之盟，让一些并不着调的女演员在戏中滥竽充数。没有想到，由于老板的喜好不同，如今的老板改换了章程，变女人为汗血马。

此番汗血马慷慨亮相，照导演的谦虚的说法，是给观众一点小的惊奇。其实，牵真牲口为活道具，这算不上什么新鲜和惊奇，好多年前，在北京体育场上演威尔第的歌剧《阿依达》，早就请来真的骆驼登台上过场，不过是作为炒作的卖点而已。要说舞台上真让人叹服的创新和惊奇，倒让我想起了已故的艺术家骆玉笙老前辈。

曾经看过这样的一段录像，是80岁高龄的骆玉笙演唱京韵大鼓《击鼓骂曹》。这是一个传统的老段子，骆玉笙师从少白派白凤鸣先生。但是，无论白先生，还是以往演唱这段《击鼓骂曹》的其他演员，都只是单手击打板鼓。骆玉笙为了演唱更加身临其境，更加富有韵味，改一般常用的板鼓，而将一个浑身通红的花盆大鼓请上台来。那大鼓状若硕大的花盆，骆玉笙站在鼓前，显得格外娇小玲珑，便越发显得鼓大而强劲有力。这是以前京韵大鼓没有出现过的道具。为此，骆玉笙专门向京剧名家杨乃鹏一板一眼地学习击鼓，练得炉火纯青。显然，这也是京韵大鼓从未有过的表演方式。

在唱完祢衡一通鼓“惊天动地”，二通鼓“悲喜交加令人惊”，三通鼓“似有金石之声”，再唱一句“众公卿凝神倾听”之后，骆玉笙弃板鼓而击打大鼓，先鼓点，后加入胡琴声，时紧时缓，时高时低，密如骤雨，疏似断鸿，最后，声声紧逼，步步惊心，将那鼓点打得真是出神入化，让这一通纷繁错落的鼓点为现场营造出来不同凡响的气氛和气势。一长段节奏分明的鼓点之后，骆玉笙张口再唱，才有了后面祢衡的骂曹。如此前面的击鼓成了表演也成了内容不可分割的组成部分，使得后面的骂曹有了足够的铺垫和渲染，才显得水涨船高般让这一段大鼓达到高潮。于是，这个花盆大鼓和祢衡一起成了主角，骆玉笙让它有了突出的形象，也有了缤纷的声音。

任何艺术形式都需要不断的创新，创新是没有错的，只是创新不是哗众取宠，不是非要将老板的心爱之物亮相于舞台。因为舞台自有舞台的规律与规范，不是老板的私家花园或多宝槅，非要将其宝马拉出来遛遛，或将其其他宝贝展示出来看看不可。特别是京剧，是讲究虚拟的写意艺术，几把桌椅和一道帷幕，都能够调动起五湖风雨，万里关山，并非戏中有马就一定得牵匹活马上来。骆玉笙年迈时演唱《击鼓骂曹》，请上花盆大鼓，无疑是借鉴了京剧的内容而丰富了京韵大鼓自身的表演形式。过去，京剧里讲究“冷锣”和“急鼓”。周信芳演戏时便常用“冷锣”，他道白“此话怎讲？”紧接着便是一声“冷锣”，气氛一下子别开生面。而京剧开场前的急急风中“急鼓”的作用，常常是整场气氛的烘托。骆玉笙衰年变法，将京剧的鼓点融入京韵大鼓里，使鼓点不仅是起伴奏的作用，而且和内容和人物和情境融为一体，把一段传统的《击鼓骂曹》演唱得高潮迭起，别具一格，这才是真正的创新。

在舞台上，请上汗血马，和请上花盆鼓，都算上是别出心裁，但真创新和伪创新的区别，明眼人还是能够一眼望穿的，那便是一个是为了艺术，一个是为了自己；一个是为观众倾心，一个是为资本屈膝。

2012 年 3 月 6 日于北京

于是之和一个时代

于是之踏雪驾鹤而去，与他共生、影响他并也受到他影响的话剧艺术的一个时代——特别是北京人艺的一个时代，已经彻底结束了。

作为演员，他创造的一个个鲜活紧接地气的角色，特别是《茶馆》的王掌柜，不仅迄今无人匹敌，更重要的是，他是富于北京味和平民气质的人艺风格的开创者和奠基者。正因为有这样的艺术品质，他才能将老舍笔下最难演，被老舍自己称为“最大的冒险”的《龙须沟》，点石成金获得成功，他让程疯子重返舞台的心理线与行动线，去淡化修沟的勉为其难的外部戏剧动作，努力而真诚向艺术靠近。如今，我们提到人艺，会想到很多这样出色的老演员，无疑排在第一位的是于是之。在表演艺术方面，他堪称中国的斯坦尼和丹钦科。

但是，我要说，于是之对于北京人艺乃至中国话剧艺术更大的贡献，不仅仅在于表演，而在于他对于年青一代艺术家富于远见的鼎力支持。在20世纪80年代历史转折期，北京人艺是中国话剧复兴的重地，当之无愧成为那个除旧布新时代中国话剧的风向标。那时候是于是之和人艺主要的领导人曹禺、赵起扬等有识之士和对中国话剧的知味之士，起到了关键的作用。无论话剧艺术新探索开山的先锋之作《绝对信号》（1982年），还是触及现实的

《小井胡同》（1983 年）和《狗儿爷涅槃》（1986 年），抑或对《茶馆》形似并神似的拟仿最成功的《天下第一楼》（1988 年），乃至再后面 20 世纪 90 年代初出现的《鸟人》，没有一部没有浸透过于是之真诚而付出过代价的支持。

我的同学，已故剧作家李龙云，是《小井胡同》的作者，在该剧上演前后的沉浮磨砺之中，陪伴他绞尽脑汁，以善良纯真应付那个变幻风云与莫测人心，一次次地改写和补写剧本，一起患难与共的是于是之。而那时，于是之被诬为“幕后黑手”，顶着压力艰难而为。《小井胡同》之后，建议并鼓励李龙云将老舍的《正红旗下》改编成剧本的，依然是于是之。为此，于是之不仅用毛笔给李龙云写下一封封长信，还为李龙云借相关的剧本《临川梦》，并渴望出演剧中的老舍。即使病倒，依然如此，躺在病床上，手里还拿着《正红旗下》的剧本。

这是于是之的心力、能力和定力，也是他的魅力，同时更体现了他的影响力。所以，在他病卧在床的 20 年中，即使无法再走上舞台，他的影子仍然如浓郁的绿荫，倾洒在人艺的舞台和观众的心中，并将这绿荫覆盖在很多年轻的导演与剧作家的身上。如果说，北京人艺是于是之的人艺，可能有些过，但说于是之是人艺的一支重要的台柱，应该是恰如其分的。是他和老一辈艺术家支撑起人艺的艺术大厦，并为这大厦镌刻下了最美、最有分量的老匾额。

我和于是之从未谋面，20 世纪 80 年代末，北京有关方面曾经找我写于是之传，当时我手头正忙，也想来日方长，谁想没过多久，于是之病倒，我和他失之交臂。我只是看他在舞台上出演的角色，距离更加产生魅力之美。在舞台上，他更显得风清水秀，摆脱尘世之扰，融入艺术之境，他和艺术彼此成就。他为舞台而奉献，舞台为他而救赎。想想 21 年前他突然病倒便一病不起，该有多少未竟的遗憾和对世俗难言的无奈。只有在舞台上，他才焕发一新，成为想成为的人，心地澄净透明，没有任何杂质甚至一点儿渣滓，就像当年朱自清所说的那种“没有层叠的历史所造成的单纯”。在如今的艺术中，这样的心地和品质，该是多么的难得，多么的令人向往。

于是之曾经写过这样的一句诗：“山中除夕无别事，插了梅花便过年。”我非常喜欢，这句诗是于是之单纯透明的注脚。只是，这种无论做人还是从艺的境界，已为我们如今的艺术所稀缺。由历史和现实交织而成的层叠的挤压，雾霾一样遮蔽着越来越世俗的我们。蛇年的春节就要到了，就让于是之去天堂插一枝梅花清清静静地过年吧。

2013 年 1 月 23 日于北京

戏内戏外《锁麟囊》

谨以此文纪念程砚秋先生诞辰110周年。

——题　记

《荒山泪》《春闺梦》《锁麟囊》，都是程砚秋的拿手戏，但在我看来，《锁麟囊》最好。恐怕在程砚秋的心里，这出戏的分量也是最重。否则，他不会垂危在病床前，上级领导来看他，他还是执着地提出希望这出戏能够解禁。这出戏自新中国成立以后就被扣上了“阶级调和论”的帽子，一直没有演出，这成了他的一块至死未解的心病。

如今，看不到程砚秋当年演出《锁麟囊》的影像资料。20世纪60年代为保留名家演出剧目，拍过一些电影，程砚秋拍的是《荒山泪》。这成了千古的遗憾。唯一能够听到的是他的演唱录音，《锁麟囊》是1946年的录音，正是他最好的年华。现在，亡羊补牢已晚，只好用他的录音，配今日演员的表演，叫作音配像，勉强燃起人们对昔日的一些残破不全的记忆和想象。

戏罢不觉人换世，如今，《锁麟囊》成为久演不衰的一出戏，《荒山泪》和《春闺梦》很少再演。世人和时间双重的淘洗，让好戏如好人一样不会被埋没而能够经久流传。这便叫作“时序有心，苍天有眼，人心有秤”。只可惜程砚秋已经不在。今天，看这出戏，张火丁的最为火爆，只是票价上千元，有些贵，我选择的是看迟小秋的。论扮相，迟不如张，迟的身材稍显矮些，不如张在舞台上那样袅袅婷婷。不过，迟的表演和唱功不错，她师从王吟秋先生，且正当年，演绎薛湘灵的人生沧桑和内心的浮沉，骨肉相随，不致流于表面。我也看过李世济的一折，毕竟年老了，老态龙钟，再如何演唱，都不大像薛湘灵，而像薛湘灵的姥姥。

《锁麟囊》这样一出近人写的戏，能够成为经典，不容易。之所以能够成功，除了程砚秋的唱腔和表演出色之外，更在于剧本写得好。这得归功于翁偶虹先生。首先，这个题材选得好，是一种艺术的选择，而非出于对时令的躬逢，或对权势的讨好。他将原来的一个富家女薛湘灵和一个贫寒女赵守贞，在世事沧桑和命运跌宕的变化中，位置颠倒，贫富互换，然后显示各自的心灵与人性，触摸到人性柔软美好的那一面，让人体味并向往人生值得珍存的一种中和蕴藉的东西，这东西才价值连城，让人有活下去的依靠，让人生有得以延续下去的根基。

记得美国作家奥茨在论述长篇小说创作时曾经说过，一定要把人物放在一个长一点的时间段里，因为有时间的变化才有命运的变化，才最能揭示人心和人性，以及性格。这是经验之谈，没有时间的跨度，便没有人性的深度。《锁麟囊》所达到的人性深度，起码在近人所编的戏中，难以匹敌。近读中国戏曲学院傅瑾教授所言：“如果说梅兰芳走的是古典化的道路，程砚秋则走的是人性化的道路。这两条道路构成了京剧旦行最为独特的方面。”他总结得很对。可以这样认为，程砚秋在 20 世纪 40 年代京戏变革中所展现的姿态和所取得的成绩，多少要超过“四大名旦”的其他几位一些。其中，无疑《锁麟囊》为程砚秋立下汗马之功。

《锁麟囊》剧本写得好，还在于他写得像戏，遵循的是京戏的规律，而不是如现在我们有的新派京剧想当然地编造，天马行空地挥洒，借助声光电现代科技的舞台背景的炫目。这样的戏，只见戏的大致框架，不见细微感人的细节。看《锁麟囊》，开头“春秋亭”一折，赠囊的戏写得一波三折，而不是草草地把囊送出去完事，匆匆赶路一般将戏的情节只处于频频交代之中。先是送钱，后是送物，都被拒绝，最后将囊中的珍宝拿出，只送囊，权且留个纪念。层层剥笋，层次递进，最后剥离了物的存在的囊，便成了比物更珍贵的情意与人性的明喻。写得真的是细致入微，将两位人物的心理、性格活脱脱地写出来。富者实在是出于真心的同情，贫者却守住贫而不贱的底线，一个囊的道具运用得淋漓尽致，并使这个道具成为命运的一种象征物和戏的一种悬念，留存在下面的戏中呼应和发展。

薛湘灵和赵守贞的劫后重逢，与春秋亭中第一次雨中相遇，大不相同。如此重逢，该如何去写？想起当年我考中央戏剧学院时写作题目便是《重逢》，重逢，从来都是写戏的裉节儿之处，衡量一个人会不会写戏。《锁麟囊》中将第一次相遇和后来的重逢，分别放在大雨和洪水劫后的背景中，让大雨和洪水不仅成为剧情发展必备的情节因素，更成为人性中天然命定的一种隐喻。如果不是大雨，她们不会相遇；如果不是洪水，她们不会重逢；但如果一切都不存在，也就没有了丰富复杂的人生。人生所有的困惑和哲理，有时都存在于偶然之中，命运的大手偶然挥舞的一拐弯儿，大让历史、小让个人的命运，都会发生天翻地覆的变迁。

再看“三让椅”一折，用的方法和赠囊一样，也是一波三折，表现的手法却有了变化，不再是赠囊那样从情出发的深沉，而是改用以趣为主，让人忍俊不禁，让人替薛、赵二位会心会意，其创作手法的多样性，令人击节。

当然，唱词的妙处，也是其中要义之一。最初听到“春秋亭”那一段：“耳听得风声断，雨声喧，雷声乱，乐声阑珊，人声呐喊，都道是大雨倾天。”觉得真的是好，紧促的短句，一连五个“声”，如五叠瀑一样，一路跌落而下，溅得水花四射，让水流迤逦而来，好不流畅。再听薛赵重逢时薛的另一唱段："这也是老天爷一番教训，他教我收余恨，免娇嗔，且自新，改性情，休恋逝水，苦海余生，早悟兰因。可怜我平地里遭此贫困，我的儿呀，把麟儿误作了自己的宁馨。"依然是一连串紧促的短句，大珠小珠落玉盘，清越深沉，很是打人。前后句式的呼应，造成了衔接和对比，让戏的情节在唱腔中回环曲折，婉转流淌，实在是这出戏的妙处所在。据说，这两段叫作"垛句"的唱段，出于程砚秋的要求，他对艺术自觉的追求和灵性的感悟，为这出戏锦上添花。

这出戏这两处唱段，在我看来最为精彩。再加上最后戏中薛湘灵飘逸灵动的水袖，构成了戏的表演的华彩乐章，让戏中的人物和情节，不仅只是叙事策略的一种书写，而成为艺术内在的因素和血肉，让内容和形式，让人物和演唱，互为表里，融为一体。这才是真正的京戏，为演员提供了充分表演的空间。在这方面，迟小秋的演出很精彩，起码一点儿不比张火丁差。

记得那次看完《锁麟囊》之后的第二天，还是到长安戏院看戏，依然是坐在楼上，依然看见北京市前副市长张百发坐在楼上第一排的中间，他是个戏迷，在长安戏院看戏，常能看到他，并不奇怪。演出开始没多久，看到一个矮小的女人摸黑走了过来，坐在他的身旁，陪他看戏，不时还交头接耳几句。细看，是卸了妆穿着便装的迟小秋。忽然发现，和在舞台上光彩照人的薛湘灵完全不一样。心想也是，戏台上的人物，和戏台下的演员，本来就不是一个人。看戏，看戏，看的是戏台上的人物。他们和现实拉开了距离，却显得比现实更真实而感人。

那时心里暗想，如果是程砚秋先生脱下戏装，从台上走下来，一直也走到眼前，会是什么样子？

2014 年元月 5 日于北京

周信芳和梅兰芳

今年是周信芳诞辰120周年。上海朱屺瞻艺术馆准备举办纪念周信芳的活动，其中一项便是搞一个画周先生演出过的京剧的戏画画展，邀请画家每人画三幅国画，居然邀请到我的头上。我不是画家，只是京剧的爱好者，是周先生的粉丝。他们大概看到我写过关于戏画和京剧艺术的评论文章，和随手画的几幅不成样子的戏画，便希望我加盟，添只蛤蟆添点儿力。

我很有些受宠若惊，自知画的水平很浅薄，但为表达对周先生的怀念和尊敬之情，还是画了《海瑞罢官》《打渔杀家》《乌龙院》三幅画。都是周先生曾经演出过的经典剧目，其中《海瑞罢官》，让周先生吃尽苦头，以致“文革”入狱，命丧黄泉。

面对自己这三幅拙劣的画作，心里忽然戚然所动，画面上毕竟都是周先生曾经演出过的剧，便恍然觉得上面似乎有周先生的身影浮动，真是感到戏戏如箭穿心，不大好受。

我对周先生没有什么研究，但清晰地记得在读中学的时候，曾经看过他主演的电影《四进士》，当时电影名字好像叫作《宋世杰》。他那嘶哑沧桑的嗓子和老迈苍劲的扮相，尤其是面容，冰霜雕刻了一般，是他留给我的印象，一直定格到现在。对比当时和他一样正在走红的梅兰芳那富态的身态和面庞，优雅而韵律十足的步履与神情，印象便格外深刻，觉得一个是晕染浸透的水墨画，一个是线条爽朗的黑白木刻。当然，梅先生是旦角，自然要雍容娇贵些；但对比同样唱老生，而且，也演出过《打渔杀家》等同样剧目的马连良先生，也没有周先生那样一脸的沧桑感。马先生当年更多是俊朗、老到和潇洒，周先生是一个字：苦。这只是一个中学生的印象，不知道为什么当时我会生出这样的印象。

说起梅兰芳，便想起不知道是否有人曾经将周信芳和梅兰芳做过比较戏曲学方面的研究。他们不是一个行当，却是同科出身，又是同庚属马，且在当时都曾经风靡一时，影响颇大，磨亮师承和创新双面锋刃，将旦角和老生并蒂莲一般推向辉煌，形成自己独属的流派。在京剧的繁盛期和变革期，流派在京剧史上的位置与作用非常。其中，麒派和梅派，各领风骚，影响一直蔓延至今。细想起来，流派的纷呈与崛起，不仅是以独到的唱腔和做工为标志和分野，更是以各自演出的剧目为依托的。前者，如果说是流派的外在醒目的色彩，是内在生命流淌的血液；后者，则是流派存在并矗立的筋骨。

想到这一点，我忽然觉得这样的比较学，或许有点儿意思，甚至意义。

梅兰芳的经典剧目，是《贵妃醉酒》《霸王别姬》《嫦娥奔月》《黛玉葬花》《凤还巢》《洛神》，还有泰戈尔访华时看过的《天女散花》等。周信芳的经典剧目，是《四进士》《徐策跑城》《萧何月下追韩信》《鸿门宴》《打严嵩》《文天祥》《史可法》，还有置之于死地的《海瑞罢官》和《海瑞上疏》等。从剧目名字中可以看出，梅兰芳演的戏大多是文戏，虽然杨贵妃、楚霸王，历史中也实有其人，但大多戏虚构的成分多些，天女和洛神这样的浪漫派多些，抒情成分多些。周信芳的戏，大多人物是历史真实的人物，且都是那些充满正气和大气的人物；事件是历史的重大事件，特别是在抗日时期，他演出的《文天祥》和《史可法》，“文革”前，他演出的海瑞戏，都有着拔出萝卜带出泥湿漉漉的浓郁现实感，多是发正义之声，鸣不平之声，有着明确的靶向性，有着厚重的历史感，关乎着民族的志向，现实主义的成分多些，言说的成分多些。

从表演的样态来看，梅兰芳和周信芳各自走的路数，也不大一样。梅兰芳身边簇拥着一批文人帮助他写戏，使得他的戏更注重戏剧本身的内化，亦即一口井深掘，戏内人物的情感挖掘多些，讲究精致和细腻。在如贵妃醉酒和霸王别姬的瞬间化简为繁，滴水石穿，渲染敷衍为艺术；在天女散花和黛玉葬花这样几乎没有什么戏剧性的地方，点石成金，演绎出精彩的戏来。因此，梅兰芳的戏更具有文人化、情感化、抒情性和歌舞性的特点，将京剧推至艺术的巅峰。

周信芳的戏，更多人物性格是在历史关键时刻出彩，人物命运是在历史跌宕中彰显。他的戏剧性，虽然也有在徐策跑城的“跑”和追韩信的“追”上做文章，但一般不会浓缩在瞬间，然后慢镜头一样蔓延，渗透、展开和完成，而是如长镜头，在时间的流淌中，如竹节一节节的增高，长大，最后枝叶参天，无论徐策的“跑”，还是韩信的“追”，在“跑”和“追”这个过程中，展现的人物的心情，都是为了最后达到参天的顶点而张扬凛然之气，而不会过多强调“跑”和“追”中的舞蹈性与抒情性。

这样的选择，使得他戏内与戏外的关系密切，也紧张，戏内的戏带动戏外的延展，人物和时代胶黏，戏剧行为和现实行为流向一致，观众的艺术享受和心理感应并存。因此，周信芳的戏更多不是来自文人手笔，而是借鉴传统剧目，以此改编，借古讽今，借助钟馗打鬼。他的戏更具有民间性和草根性，历史感与现实感，具有史诗性。

如果将梅麒两派和西洋音乐做一个不对称也不确切的对比，在我看来，梅兰芳有点儿像肖邦或舒曼，周信芳有点儿像贝多芬和马勒。这样的对比，不是说孰优孰劣，实际上，他们的戏码也有交叉，还曾同台演出，始终惺惺相惜，是梨园的双子星座。这样的比较，只是想说在京剧的繁盛期特别是在京剧的变革时期，梅麒二派所起到的作用，真的是各有所长，无与伦比。而且，在梅兰芳的身旁有“四大名旦”，虽风格各异，却相互依存，彼此烘托，引领一代风光；在周信芳的身旁，则有马连良和他走着大同小异的艺术之路，彼此呼应，相生共荣，谱就时代辉煌。事实上，这是京剧变革的两大流向，两大艺术谱系。因此，这样的对比与研究，便不止步于梅麒个案，而关乎一部京剧发展史中现当代的重要部分。

当然，周信芳表演艺术，不能仅仅简化为沙哑的唱腔与主旨的史诗性。为了达到史诗性，为了塑造人物的真实性和生动性，他不过是将本来弱项的嗓子，化腐朽为神奇，形成自己艺术的一种组成部分。如今硕果仅存的麒派掌门人陈少云先生，就曾经讲过：“并非嗓音沙哑就是麒派，麒派艺术讲究‘真’，戏假情真，对于节奏的处理出神入化，快慢、强弱、长短，舞台上的一动一静，细到一个眼神的运用，举手投足都充满了节奏。”陈少云先生特别强调，要学习麒派艺术，首先要用心体会人物，在唱、念、做、打这些基本功方面做扎实。

这不仅是经验之谈，更是知音知味之谈。比如在《宋世杰》中，宋世杰从二公差的包袱里盗得田伦的信件一场，不过一句台词：“他们倒睡了，待我行事便了。”然后，就把书信盗在手中，紧接着是读信了。其中宋世杰是如何盗得信的，盗信时的心情如何，读信时的心情又如何？完全靠周信芳自己的表演，并没有道白和唱词，仅仅到了真正读信中的内容时，才有了唱段。这就是周信芳的本事了。他能够在这样细微的地方，展示他的艺术，而这种艺术不仅是为了表演，更是为了展现人物的心情，从而塑造人物的形象。如今，我们的演员，并不缺乏对前辈惟妙惟肖以及亦步亦趋的模仿，却缺少这样的艺术表现力和创造力。

这样想来，有时我会觉得对于麒派艺术，我们的总结、学习、继承和发扬，显得不够充分，甚至存在明显的断层。在梅麒二派之间，如今梅派的弟子远多于麒派的后人。而对梅兰芳的研究，则更丰富些，兴奋点更多些；对周信芳的研究则稍微欠缺些。希望对周信芳的研究和言说，能够更多些，更新些，更深些。无疑，这是对周先生最好的纪念。

2015 年 2 月 28 日改毕于北京

小鸟华君武

1984年的春天，偶然间在《讽刺与幽默》报上，读到华君武先生的一则短文，题目叫《小鸟精神》，文后附有德国漫画家卜劳恩的一幅漫画。因为我很喜欢卜劳恩的漫画，曾经买过他的《父与子》漫画全集，所以格外留意华先生介绍卜劳恩这幅漫画的文章。文章很短，只有几百字，写得干净利落，且充满道义和感情。所以，印象很深，过去了31年，依然记忆犹新。

卜劳恩的这幅题为《愤怒的小鸟》的漫画，以前我没有看过，画得非常简单，只是一只猫的屁股眼儿里钻出一只小鸟的头，然后加上两个飘荡的音符。但是，这幅漫画却是卜劳恩的绝笔。由于和朋友私下议论法西斯的头领戈培尔被人告密，更由于戈培尔的亲自过问，卜劳恩被判处绞刑。华先生就是知道这幅漫画是卜劳恩在临刑前一天晚上愤怒自杀前信手画出的，才对它格外充满感情。他这样写道："一只小鸟已被恶猫吞进肚里，但是，勇敢的小鸟却在猫肚子里唱歌；恶猫虽恶，却无法禁止小鸟的思想；小鸟身处逆境，却用音符表达它的无畏。小鸟卜劳恩死了，但是小鸟精神永在。"

卜劳恩死于1944年4月，华先生的这篇文章写于1984年4月，是特意纪念卜劳恩逝世40周年。这不仅是漫画家同行的惺惺相惜，更是对法西斯、对那个残酷年代的共同愤怒。

后来，听说在中国美术馆举办了卜劳恩漫画展，就是在华先生的极力主张和支持下，和德国方面协作，才得以成功出现在我们的面前。我看过华先生的很多漫画，但是，对他并不熟悉，读了《小鸟精神》，又知道由此连带的后续，对华先生有了一种敬重之感。

隔行如隔山，美术和文学，毕竟相隔遥远，更何况，华先生德高望重，来自延安，更身居要津，我想，离他很是遥远。谁想到，3 年过后，1987 年 4 月，我收到《报告文学》编辑部转来的一封信，从信封的字迹看，像是华君武漫画中常出现的别具一格的华体，打开一看，果然是他，感到非常意外。命运让两个本来素不相识只是两条平行线的人，由于我写的一篇文章而打上一道有意思的蝴蝶结。

信很短——

肖复兴同志：

拜读你的大作《一个普通的苏联公民》，我感到很生动。

但是，你写了尼克来怕克格勃一段，似无必要。当然，这样也可能对尼克来并不会有什么事，但为了你新交的朋友，我想不写更好些。凡事要替人家想想为好。也许我是杞人。

妥否，请参考。

敬礼！

华君武

1987 年 4 月 10 日

是 1986 年的夏天，我第一次去莫斯科，结识了一位叫尼克来的苏联人，他毕业于莫斯科大学，学的是中文，说一口流利的中文。他和我又是同龄，一见如故，很快就熟悉起来，而且很说得来。他开着车带我跑了莫斯科的很多地方，还特意邀请我到莫斯科郊外他的家中做客。回国之后，我写了这篇发表在《报告文学》杂志上的《一个普通的苏联公民》，里面写了他怕克格勃的事。华先生来信批评得很对，当时，苏联还没有解体，克格勃无处不在，是应该想得周到才是。我赶紧给华先生写了回信，表示谢意。

我和华先生为期不长的通信由此开始。我发现，他不仅读我这样一篇写得粗陋的文章，还读了我其他一些文章，都来信给予鼓励。而且，他还看了不少其他文学作品，以及电影。在一封信里，他这样说："我去年读了刘心武的《公共汽车咏叹调》和韦君宜的《妯娌之间》，深感我们画漫画的（也包括一些其他画）的作者，观察生活、观察人太肤浅了。近日，看了电影《嘿，哥们儿》，也有感触。这些人，我好像从未见过似的，深感我和生活之距离。既然没有直接生活，间接生活的作品，对我也是有用的。"他对我这样一个晚辈且并不熟悉的人如此自觉的解剖，让我感动。并不是所有他这样年龄且有这样资历的人，都有这样自我解剖的精神。想想，那一年，他72岁了。对于生活还是那样的敏感，格外的强调，不止一次，他在信中这样说："生活是十分重要的，我因近年来工作、年龄种种关系，已感到迟钝和枯竭，常处于挣扎中。"

华先生和我通信，让我感到他的平易谦逊和自我警醒的认知。作为他那样年龄与地位的艺术家，平易和谦逊，也许做到还容易些；但做到自我警醒的认知，还有一些自我的解剖，就不那么容易了。因为那需要顽强的定力，能够起码滤除包围在周围逢迎捧场之类的膨胀与虚飘，以及心为物役习以为常的惯性和锈蚀。同样都是生活，就如同在海滨或泳池里游泳，与在真正的大海里游泳，并不完全是一回事。我想起他把同为漫画家的卜劳恩称为"小鸟"，可见他把自己也没有视为"大鸟"甚至"鲲鹏"的。华先生也是被人尊称为大师的，但是，我想他并不喜欢这顶大草帽，而宁愿称自己是小鸟。这确实是不大容易的。如果能够再有“小鸟精神”，就更不容易了。他推崇小鸟和小鸟精神，这是有些人常常忽略的。卜劳恩是小鸟。卜劳恩具有小鸟精神。

我对华先生没有进行过认真的研究，也没有和他进行过深入的交谈，我甚至未曾见过他一次面。他送过我他的漫画集，也邀请我到他家中做客，并留下他家的电话；还在 1995 年的年初，我 48 岁的本命年之前，提前为我画过一幅题为“猪睡读图”的漫画特意送我，因我是属猪的。但是，我一次都没有去打搅过他。我一直以为，喜爱并尊重一位艺术家，见面不如读他的作品。距离产生美，未曾谋面，留下一种遗憾，也留下一种想象的空间。

如华先生这样一辈子画漫画（他将其称为小画种）的画家，让我想起作家中的契诃夫，一辈子只写中短篇小说，而从未染指长篇小说；和音乐家中的肖邦，除了写过两首稍微长一点的钢琴协奏曲，一辈子只写钢琴小品。但是，艺术，不是买苹果和钻戒，个头儿越大越好。

今年是华君武先生诞辰 100 周年，已有很多熟知他的人写过很多怀念文章，我只以一个并不熟悉者表达我对他的一点敬意，留下一点可能是熟知他的人并不知道的印迹，尽管只是先生的闲笔，却也逸笔草草，落花流水，蔚为文章。

2015 年 8 月 30 日于北京雷雨中

我们缺少了焦菊隐

——焦菊隐诞辰 110 周年纪念

在印第安纳大学的图书馆里，看到十卷本的《焦菊隐文集》，想起马上就到焦先生诞辰了。焦先生是 1905 年 12 月 11 日在天津出生，如果能够活到今天，整整 110 岁。即便活不了这么长的时间，起码不应该那么早还不到 70 岁就离开了我们。

在我国话剧舞台上，焦菊隐是最伟大的导演。说其伟大，在我看来，最重要体现在他一生致力于西洋话剧与中国传统戏曲艺术的结合，而让中国的话剧有了专属于自己民族艺术特色的徽记和标尺。可以说，迄今为止，没有一位导演在这种艺术的探索中能够赶得上他，或者说很多导演在艺术上都留有他抹不去的影子。他为人艺留下久演不衰的《茶馆》，就是经典的明证。

是的，不是武断，可以这样说，没有一位话剧导演能够像焦先生一样，对中国戏曲艺术，有这样深入肌理、富于真知灼见和功力不凡的研究，并有意识地将中国戏曲的营养，渗透且滋润于他的话剧导演艺术之中。这样的追求，在《焦菊隐文集》特别是在前三集理论集中有着明显的体现。

或许，这和焦先生新中国成立前自己曾经办过中华戏曲学校有关。在这所戏曲学校里，有过四位京剧大师，其中两位是他的“业师”曹心泉和冯慧麟，另两位是他自己称之为“亦师亦友”的王瑶卿和陈墨香。他正经向他们拜师学过艺，在文集中，他写过这样一桩往事，“内廷供奉”同光十三绝之一徐小香的弟子曹心泉，有一绝活，出台亮相时候，扇子一摇，九龙口一站，黑绸褶长衫的下摆正好压在白靴底鞋尖那一点白上，“嗖”的一声，黑绸褶飘飞起来。这一招，焦先生也学过，却就是飘飞不起来。他对中国传统的戏曲艺术，由衷之爱，由此可见。

对于中国的话剧和戏曲，他做过认真的比较，尽管各有所长，他依然客观而尖锐地指出我国话剧“继承19世纪末叶以来西洋话剧的东西较多，而继承戏曲的东西较少”，“终于不如戏曲那么洗练，那么干净利落，动作的语言也不那么响亮，生活节奏也不那么鲜明”。

对于戏曲的程式化、虚拟化、节奏化，他做过认真的研究。他不止一次提到《秋江》的川江行船，《评雪辨踪》的风雪之感，《长坂坡》的并叙环境，《走新野》的群众过场，《三岔口》的虚拟设置，《甘露寺》的明场处理……特别是对于程式化，在文集中，他屡次强调“是群众几千年来运用了无比的智慧，积累集体的经验，从群众中提炼出来的一种艺术创造方法。这种程式是独特的”。

他还特别举过《花荣射雕》和《放裴》的例子。后者表现裴生的惊慌，用另一个演员打扮成和裴生一模一样，在后面亦步亦趋，来展示其失魂落魄，身魂互现，那样充满想象力。后者表现叶含嫣坐在车上思慕花荣，让饰演花荣的演员一身二角也扮演车夫，嘴上有胡子，叶下车看见车夫竟是幻想中的花荣（演员将胡子含在嘴中），兴奋地告诉嫂子，嫂子不信，上去看时，不是花荣，是戴着胡子的车夫（演员又将胡子从嘴中吐出）。两者的异曲同工，让他都做过和话剧相关联的仔细对比和探求。他由衷地说：“我国戏曲演员所掌握的表演手段，比起话剧来，无疑更为丰富。”因此，他特别强调话剧要向戏曲学习，他说：“作为话剧工作者，不仅应该刻苦钻研斯氏体系，更重要的是，要从戏曲表演体系里吸收更多的经验，来丰富和发展我们的话剧。”

在谈到戏曲里以少胜多的艺术胜境时，他以京剧《拾玉镯》为例。一个少年在一个少女家门前丢了一个玉镯，少女偷偷拾起，如此简单的情节，却足足演了半个小时。这半个小时的演绎，将少女复杂的心情细致微妙的表现出来。焦先生说“比生活显得更真实”，他同时说，“戏曲抓住了某些有典型意义的生活现象，突出其中的矛盾，突出本质，尽量反复渲染强调，这就和生活有距离。这种距离，恰恰是观众需要的，而我们的话剧，有时既缺少从生活中提炼的东西，又不是抓到一个东西狠狠地强调。这些地方，就需要向戏曲学习”。

焦先生将从戏曲中学习到的这些宝贵的经验，运用到自己话剧导演的实践中。在《茶馆》“卖子”的一场戏里，卖女儿，而且是卖给太监，乡下人手里接过那十两银子，如何表达内心复杂悲凉的感情？焦先生让舞台出现长时间的停顿，然后，后台传来两种声音：一是唱京戏的声音，一是叫卖高庄柿子的声音，那低沉凄凉又哀婉的声音，画外音一样，成了乡下人此时此刻内心的写照。焦先生巧妙地借用了戏曲的声音和形式，将看不见的心情，生动形象地呈现在舞台上。

在《虎符》里，焦先生用了戏曲里最常见的锣鼓经。如姬盗走虎符之后，和信陵君在坟地见面，魏王跟踪而来，一下子一手抓住他们一人的手，说道：“你们两个人的事情我都知道。”一声“冷锤”，如姬和信陵君的心里都一激灵，以为盗虎符的事情魏王知道了。魏王接着说：“知道了你们两人感情的事情。”一阵“五击头”，信陵君和如姬如释重负。显然，戏曲中常用的“冷锤”和“五击头”音响，在这里起到了意想不到的作用，既凸显了心情的起伏，又烘托了气氛的紧张。

焦先生还有意识学习戏曲里的过场戏的处理方法，借鉴在《关汉卿》中。第一场关汉卿看到朱小兰被冤杀，不闭幕，全场暗转，只有四道追光照在关汉卿的脸上，从黑暗中，从关汉卿的主观视角里，隐隐出现市集上的卖艺身影、纤夫的呻吟、行刑队伍的号角和朱小兰微弱的呼冤声。这时候，天幕上恍惚出现朱小兰苍白的幻影。关汉卿站定，声音和幻影消失，关汉卿道："我难道就是一个只能治人家伤风咳嗽的医生。"然后，转下一场关汉卿开始走向写戏的生涯。

这样的实例，在文集中有很多，打通西洋话剧和中国戏曲两脉，焦先生做出了富有开创意义的实践工作，这些实践，成了经典，迄今无人可以企及。而焦先生对中国戏曲那种发自身心的热爱和虚怀若谷的学习精神，更是至今让我感动。如今，我们实在缺少如焦先生这样既懂中国戏曲又懂西洋话剧，同时又能清醒地直陈话剧现实的导演了。这套《焦菊隐文集》是 2005 年在焦先生诞辰 100 周年时出版的，如今过去已经 10 年，我想，对焦先生最好的纪念，是认真地重读并学习这些浸透着焦先生感情与实践的文字。

2015 年 12 月 11 日写毕于布鲁明顿

齐白石的《发财图》

齐白石的润格和画作一样出名。他的润格是他的前辈吴昌硕先生写的，润格便师出有名。这是以前画家的一贯做法，而不是现在找一帮托儿，哄抬润格。所以，齐白石一贯理直气壮地说："卖画不讲交情，君子知耻，请照润格出钱。"

1927 年 5 月的一天，有人来买画，指定题目，要齐白石画一幅《发财图》。当然，是照润格出钱的，而且，按照润格，指定题目，是需另加钱的。

齐白石以画花草虫鱼出名，"发财"这样时髦而又抽象题意的画，他还是真未遇见过。齐白石和买家有了关于《发财图》的下面的对话，非常有趣。

齐白石先问买家："发财门路很多，该怎么个画法？"买家说："你随便画。"齐白石便说："画一个'赵元帅'如何？"买家立刻回答："非也。"

这第一个回合的问答，是对于"赵元帅"的否定。我们知道，"赵元帅"指的是赵公明，是我们国家传统的财神爷。赵公明曾经为周文王负责围猎事务有功，被封为大夫，到了明清时期，由于经济活动的加大，市场经济和资本主义的萌芽，才发掘出了赵公明做木材生意发了财之后乐善好施这一方面的功德，被封为财神。对于"赵元帅"的否定，等于对于神祇的否定。也就是说，发财不必迷信于神，或者说，发财不必靠神仙指路。

第二个回合。齐白石问：“那么画印玺衣冠之类如何？”买家又答：“非也。”所谓印玺衣冠，当然指的是走官道发财，这是从古至今发财的一条屡试不爽的捷径。对于这样的一条发财之道的否定，是觉得这并不是一条发财的正经之路。

第三个回合。齐白石问：“那么画刀枪绳索之类如何？”买家还是给予否定：“非也。”所谓刀枪绳索，当然指的是走非法发财的黑道，并非仅指明目张胆的抢劫，而是坑蒙拐骗、假冒伪劣的奸商之类。这应该也是自古至今都存在的发财之路，即马克思早就说过的“每一个毛孔里都浸满了血”。对这样的发财之路的否定，应该基于良知和道义。

最后一个回合，问答颠倒，主角次角位置置换，改买家发问，他对齐白石说：“画一个算盘如何？”齐白石答：“善哉”，对于这个主意的肯定，齐白石自己有这样一个解释：“欲人钱财而不施危险，乃仁具耳。”然后，齐白石一挥而就，画了一个算盘。

这四个回合真是有意思，简直就像现在的电视小品，有起伏，有悬念，有心理战，有潜台词。对于这幅《发财图》，齐白石和这位买家，各自心里都早有既定的目标选择。买家肯定是来之前就已经成竹在胸，却引而不发。齐白石心里对发财也有自己的想法，却也引而不发，投石问路，三试其意，揣摩买家对发财真实的意图，最后图穷匕首见，算盘脱颖而出。

发财是人之所欲望，并没有错误。错误是前三个回合中的否定物，即对神的顶礼膜拜，以及昧心黑心走黑白两道。想这样三条发财之道，至今依然被不少人所顶礼膜拜，真的要感慨齐白石当年画的这幅算盘发财图了。上述齐白石的那个解释，不知是当时对买画的人说的，还是事后自己的思悟，不管什么样的情况，他所说发财之路的仁之意，还是值得今天警醒的。具有这种仁之意，才会让发财发得心安理得。所谓仁，是中国文化传统尊崇的道义，亦即不要发那些不义之财。不义之财，无论是黑道白道，都逃脱不掉最后的危险。那便是道义的惩罚，神祇也帮不了你。

89年前，齐白石画的这幅《发财图》中的算盘，便成了一种象征，成为一句谶语。齐白石很珍惜这幅画，客人买画走后，他立刻又重画一幅，自己藏于箧底，并书写了上述委婉有致四个回合的长篇题款，占了整个画幅一半以上。齐白石一辈子画虫草花鱼无数，画算盘者，唯此一幅。想放翁诗：“细考虫鱼笺尔雅，广收草木续离骚。”其实，白石老人的这幅算盘，比那些虫鱼草木更能够笺尔雅，续离骚。

2016年3月14日于布鲁明顿雨中

第四辑　勃拉姆斯笔记

勃拉姆斯笔记

一

我第一次接触勃拉姆斯（Johannes Brahms，1833—1897），忘记了是在哪一本书中看到有关勃拉姆斯和克拉拉感情的记述，便一下子被感动而很难再忘怀。

那本书记述得过于简单，只告诉我勃拉姆斯 20 岁那一年，在当时著名小提琴家约阿希姆的帮助引荐下，和舒曼相识。在舒曼的家中，勃拉姆斯第一次见到舒曼的妻子克拉拉，便一见钟情，爱上了克拉拉。但是，勃拉姆斯一直把这份最真挚的感情藏在心中，从未向克拉拉吐露，一直到克拉拉和他自己都离开人世。

难道因为勃拉姆斯从未吐露心声，克拉拉就未察觉吗？这是不可能的。情到深处，往往语言是多余的，也是苍白无力的。心心相通，有时是最简单质朴的，无须缤纷的语言如盛开的花朵去夺人眼目，那一般只适合在舞台上的抒情，在生活中是用不着的。尤其音乐本身就是心灵的语言，更用不着嘴巴。被音乐包围并浸染着，克拉拉不是孩子，比勃拉姆斯大 14 岁，又是有过爱情经历的人，肯定知道勃拉姆斯的心意。

1854 年，舒曼投莱茵河自杀被救，一直到两年后舒曼逝世，都是勃拉姆斯在克拉拉的身边，陪伴着她照料舒曼和她的 7 个孩子，将她从痛苦和绝望中解救出来。为此，他放弃了许多出名和赚钱的机会。克拉拉心悬明镜般清楚，勃拉姆斯与其说是为了他的老师舒曼，不如说是为了克拉拉她自己。

克拉拉于 1896 年 5 月在法兰克福去世。勃拉姆斯赶回法兰克福，为克拉拉亲护灵柩下葬。据说，在克拉拉的墓地前，勃拉姆斯独自一人为克拉拉拉一支小提琴曲。那是一种什么情景？天苍苍，地茫茫，猎猎风吹，悠悠琴响，只有勃拉姆斯一人和克拉拉默默相对，那琴声还不是他内心的倾诉？

此曲只应天上有，那小提琴曲一定美妙绝伦。可是，我不知道那是一支什么曲子。我一直想找到这支乐曲。我想听听从 20 岁到 63 岁埋藏在心底长达 43 年感情融化的乐曲，到底是什么样子。

石头深埋在海底，可以化为美丽的珊瑚；树木深埋在地底，可以化为能够燃烧的煤；时光深埋在岁月里，可以化为沉甸甸的历史。感情埋藏在心底呢？化为的乐曲是一种什么样子？

我一直没有找到这支乐曲。

二

我占有的有关勃拉姆斯的材料毕竟有限。我请在中央音乐学院的朋友帮我找有关勃拉姆斯的书，如今的勃拉姆斯不如迈克尔·杰克逊或克莱德曼热销时髦。有谁还关心一个上一世纪的大胡子老头和一个钢琴家的感情问题？如今，还会有勃拉姆斯一样的人，把一份感情深藏 43 年作茧自缚自我折磨而心系一处至死不渝吗？那如果不是一个旷日太久的童话，就一定是傻帽儿到底的痴呆。“春蚕到死丝方尽，蜡炬成灰泪始干”，那种古典情怀，如今已成为一道过时陈旧的风景尘埋网封。音乐，更是将爱绑上歌词的战车，扯旗放炮地唱响在街头巷尾，勃拉姆斯那支小提琴曲当然难找了。

可是，我一直不死心。

一个音乐家，不可能不给自己心里钟爱的爱人写下爱的乐章。

在勃拉姆斯的一生中，肯定有过专门写给克拉拉的音乐。他们还一起四手联弹演奏过钢琴。

在我所找到的有限的材料中，其中有这样几首乐曲是献给克拉拉或和克拉拉有关的。

一首是他的《C大调钢琴奏鸣曲》。他第一次来到舒曼家，为舒曼演奏的就是这支钢琴曲。当时，舒曼让他稍稍停一下，要克拉拉一起来听。克拉拉就是在这支曲子中走进屋来，他就是在这支曲子中望见了克拉拉，眼睛一亮，而且一见钟情。在以后的日子里，勃拉姆斯不止一次为克拉拉演奏过这支钢琴曲，或当着克拉拉的面，或自己一人悄悄地弹奏，在克拉拉逝去的日子里，勃拉姆斯把自己关在家中三天三夜不出门弹奏克拉拉生前爱听的曲子中，就有这支钢琴曲。

这是一首勃拉姆斯早期的作品，还带有明显贝多芬的影子。据说，它取材于德国的一首古老的情歌，倒也暗合了勃拉姆斯的情怀。要说世上的事情就是这样的冥冥之中道出人心理的密码，因为在作这支曲子前，勃拉姆斯并没有见过克拉拉，他哪里会想到他竟然用这支曲子来迎接克拉拉的出场呢？这支曲子中尾声部分所展示的那种深秋景色一样明净而温柔的旋律，又是多么适合当时他头一眼望到克拉拉出现在自己眼前的感觉和心情。这是勃拉姆斯独有的旋律，是一生音乐和做人的基本底色。

一首是《C小调钢琴四重奏》。这首曲子，勃拉姆斯一改再改，用了整整20年的心血完成。他自己毫不隐晦地说，这首曲子是自己爱的美好的纪念和爱的痛苦的结晶。他将这部作品交给出版商出版时给出版商写过一封信，他在信上这样明确指出："你在封面上必须画上一幅图画：一个用手枪对准的头。这样你可以形成一个音乐观念。"歌德笔下的少年维特就是用手枪对准自己的头自杀的。在这部作品中，他倾吐出自己对克拉拉少年维特式的爱和痛苦。

这是勃拉姆斯重要的一部作品。无论开头的四部钢琴的齐奏，还是后来出现的钢琴此起彼伏的错落有致的音响，一直到最后才渐渐平和的弦乐的吟唱，还有那一段小提琴如怨如诉的独奏，大部分的时间里，都是急促的，强烈的，是勃拉姆斯少有的，倾吐出他心底无法化解的对爱的渴望和爱带给他的痛苦。这首四重奏是勃拉姆斯心电图上难得清晰显示出来的起伏的谱线。

还有一首乐曲叫作《四首最严肃的歌》。这是用《圣经》里的词句编写的乐曲，是1896年克拉拉去世前不久创作的。这首乐曲之后，勃拉姆斯没有再写什么别的音乐，可以说是他最后的作品了。我看到德国人维尔纳·施泰因著的《人类文明编年记事》的《音乐和舞蹈分册》中，在1896年这一年的记事里，特意注明此曲是"献给克拉拉·舒曼"的。

接到克拉拉逝世的电报后，勃拉姆斯立即出发去奔丧时，从住所里没有拿什么东西，只是随手拿起了这部刚写完不久的《四首最严肃的歌》的手稿。可见，这部作品对于勃拉姆斯和克拉拉是多么的重要。勃拉姆斯是赶了整整两天两夜的火车，才从瑞士赶到法兰克福又赶到了波恩——克拉拉的墓地前。勃拉姆斯颤颤巍巍地拿出了《四首最严肃的歌》手稿，任五月的风吹散他花白的鬓发，独怆然而涕下。克拉拉再也听不到他的音乐了，这是他专门为克拉拉的生日而作的音乐呀！

我没有听过这支曲子，不知是什么样的曲子。但是，看四首曲子的名字：《因为它走向人们》《我转身看见》《死亡多么冷酷》《我用人的语言和天使的语言》，都透着阴森森的感觉。

这《四首最严肃的歌》，会不会就是他在克拉拉墓地前献给克拉拉的曲子？因为在创作完这支曲子不久，克拉拉就逝世了。为什么这么巧，勃拉姆斯刚刚写完献给克拉拉的乐曲，克拉拉就与世长辞了？为什么又这么巧，在克拉拉去世 11 个月后，勃拉姆斯就也与世长辞了？莫非一切都在冥冥之中有什么预兆？莫非神或者是爱已在冥冥之中安排好了一切，包括生死的时刻表？生命和艺术中真是充满着许多难解之谜。

也许，这只是我的揣测，这首乐曲根本不是勃拉姆斯在克拉拉墓地前拉的那支曲子。那支曲子，也许只埋藏在勃拉姆斯自己的心底，对谁也不诉说；只拉给克拉拉一个人听，让谁也听不到的。那是属于他们两人世界的音乐。

罗曼·罗兰说过：“每个人的心底都有一座埋藏心爱人的坟墓，那是生命的狂流冲不掉的。”

那在克拉拉墓前献给克拉拉的音乐，一定埋藏在勃拉姆斯心底的这座坟墓中了。

三

克拉拉比勃拉姆斯大 14 岁，而且是一个有着 7 个孩子的母亲。勃拉姆斯为什么非要如此钟情地爱着她？而且爱得一往情深，爱得一生到底？（勃拉姆斯的母亲就比父亲大 17 岁，也许这是一种遗传基因的默默作用。）

勃拉姆斯终身没有结婚。

谁也无法取代他心目中的克拉拉。

勃拉姆斯始终没有把自己的感情向克拉拉表明。他始终让表面上和克拉拉呈现的是友情，而把爱情如折叠伞一样折叠起来，珍放在自己一人的心的深处，让它悄悄滴洒着湿润的雨滴，温馨着自己的心房。

勃拉姆斯是个内向的人，他一生深居简出，他厌恶社交，他沉默寡言。他的音乐也不是那种热情洋溢、愿意宣泄自己情感的作品。他给人的感觉是深沉，是蕴藉，是秋高气爽的蓝天，是烟波浩渺的湖水。他的作品，内敛而自省，古典而深沉，是那种哥特教堂寂静地立在夕阳晚照下，不是那种浑身玻璃墙的新派建筑辉映着霓虹灯闪烁。因此，不宜演奏得速度过快，不宜演奏得热情澎湃。

在舒曼病重的两年之中，勃拉姆斯一直在克拉拉的身旁，从未向克拉拉表白过自己的感情。在舒曼去世之后，勃拉姆斯就离开克拉拉，再没有见面。他曾多次给克拉拉写过情书，那情书据说热情洋溢，发自肺腑，一定会如他的音乐一样动人而感人。但是，这样的情书，一封也没有发出去。内向的勃拉姆斯把这一切的感情都克制住了，他自己给自己垒起一座高高而坚固的堤坝，他让自己感情曾经泛滥的潮水滴水未露地都蓄在心中了。那水在心中永远不会干涸，永远不会渗漏，但是只会荡漾在自己的心中了。这样做，我不知道勃拉姆斯要花费多大的决心和气力，他要咬碎多少痛苦，他要自己和自己做多少搏斗。他的克制力实在够强的了。这是一种纯粹柏拉图式的爱情，是超越物欲和情欲之上的精神的爱情。这是对爱情只有具备古典意义上的人，才能做到的。也许，爱情的价值本来就并不在于拥有，更不在于占有。有时，牺牲了爱，却可以让爱成为永恒。

我现在已经无法弄清克拉拉对勃拉姆斯这种态度到底是怎么想的了。也许，克拉拉和勃拉姆斯一样坚强地克制着自己；也许，克拉拉的感情依然寄托在舒曼的身上，她和舒曼的爱情得来不易，经历了那样的曲折和艰难，她很难忘怀，共度了16年“诗与花的生活”（舒曼语），因而不想将对勃拉姆斯的感情升格而只想升华；也许，克拉拉不想让勃拉姆斯受家庭之累，自己毕竟拖着油瓶，带着7个孩子；也许，克拉拉觉得和勃拉姆斯这样的感情交往更为自然更为可贵更为高尚更为美……

在克拉拉和勃拉姆斯的感情交往中，我以为克拉拉是受益者。因为在我看来，勃拉姆斯给予克拉拉的更多。无论怎么说，克拉拉曾经拥有过一次精神和肉体融合为一的完整的爱情，而勃拉姆斯为了她，却独守终身。更何况，在她最痛苦艰难的时候，是勃拉姆斯帮助了她，如风相拂，如水相拥，如影相随，搀扶着她渡过了她一生中的难关。

当然，勃拉姆斯也不是一无所获。如果克拉拉身上不具备高贵的品质，不是拥有一般女性难以具备的母性的温柔和爱抚，勃拉姆斯骚动的心不会那样持久地平静下来，将那激荡飞扬的瀑布化为一平如镜的清水潭。两颗高尚的灵魂融合在一起，才奏出如此美好纯净的音乐。勃拉姆斯和克拉拉才将那远远超乎友谊也超乎爱情的感情，保持了长达43年之久！43年，对一个人的一生，是一个太醒目的数字，它包含的代价和滋味无与伦比。

据说，在克拉拉逝世之后，勃拉姆斯已经意识到自己也即将不久于人世了。他焚烧了自己不少手稿和信件。我不知道那里有没有他曾经写给克拉拉的情书？我们可能像永远也找不到他在克拉拉墓前拉响的那首曲子一样，永远也找不到他写给克拉拉的情书了。

我们常说梁祝或罗密欧与朱丽叶的爱情，令人荡气回肠，成为一种经典。其实，勃拉姆斯和克拉拉一点儿不比他们差，也许比他们更为动人、真实，而让我们沉思。

克拉拉在世的时候，勃拉姆斯把自己的每一份乐谱手稿，都寄给克拉拉。勃拉姆斯这样一往情深地说：“我最美好的旋律都来自克拉拉。”听到这样的话，我的心禁不住发紧，禁不住问自己也问这个越发世故和堕落的世界：人世间真的还有这样的爱情吗？

有这样一件事情，当我在一本介绍勃拉姆斯的小书上看到，我异常感慨。1896 年，勃拉姆斯听到克拉拉逝世的消息时，正在瑞士休养，那时他自己也是身抱病危之躯，是位 63 岁的老人。当他急匆匆往法兰克福赶去的时候，忙中出错，踏上的火车却是相反方向的列车……

很久，很久，我的眼前总是浮现着这个画面：火车风驰电掣而去，却是南辕而北辙；呼呼的风无情地吹着勃拉姆斯花白的头发和满脸的胡须；他憔悴的脸上扑闪的不是眼泪而是焦急苍凉的夜色……

谁肯艰难际，豁达露心肝？

我为勃拉姆斯感动。

我为克拉拉感慨。

四

勃拉姆斯一辈子是不是只爱过克拉拉？除此之外，勃拉姆斯爱过没爱过别人呢？

我相信爱情的花不会只开一季。在和克拉拉分离 40 年这漫长的岁月里，勃拉姆斯的心再硬也不会是一块石头，也不会封闭得没有另一个女人如克拉拉再次闯入他的生活。他不是生活在世外桃源。

如果有这样一个女人，是实际的，可信的；如果没有倒让人怀疑生活和记述勃拉姆斯传的可信度了。

1858 年，也就是勃拉姆斯和克拉拉分离的第三年，勃拉姆斯在哥丁根遇到一位女歌唱家叫阿加特，她非常喜欢勃拉姆斯的歌曲。勃拉姆斯一生创作过的歌曲有二百余首，他也很喜欢歌曲，便与阿加特一起研究过歌曲的创作和演唱。阿加特爱上了他，他也爱上了阿加特，并且彼此交换了戒指。但是，最终，勃拉姆斯和她只是无花果。他给阿加特写信说："我渴望把你拥抱，但结婚是不可能的。"书中说勃拉姆斯那时自觉得自己地位不稳，不愿意阿加特受影响。我看未必尽然。美国音乐学家盖林嘉说："勃拉姆斯认为有了太太，受家庭束缚，会影响创作。"我看也未必尽然。心中对克拉拉充满爱情的时候，他就没想到过这样的问题吗？与克拉拉相比，恐怕阿加特要略逊一筹。初恋，是一幅永不褪色的画，又像是埋下的一颗种子，不能在当时开花，就会在未来的岁月里发芽。

后来，阿加特只好另嫁他人。

5年后，勃拉姆斯把一首《G大调六重奏》献给阿加特。曲中第二主题用阿加特的名字作为基本动机（A—G—A—D—E），寄予他对阿加特并未忘怀的感情。

10年后，阿加特生下她的第二个孩子的时候，勃拉姆斯从一本画报中挑选了一首童谣编成歌曲送给阿加特和她的孩子。这就是那首勃拉姆斯非常有名的《摇篮曲》：

睡吧小宝贝，你甜蜜地睡吧，
睡在那绣着玫瑰花的被里；
睡吧小宝贝，你甜蜜地睡吧，
在梦中出现美丽的圣诞树……

这就是勃拉姆斯。完整的勃拉姆斯，活生生的勃拉姆斯，重情重义的勃拉姆斯，善良庄重的勃拉姆斯，怀旧浓郁的勃拉姆斯。他注重感情，却不滥用感情；他珍惜感情，却不沉溺感情；他善待感情，却不玩弄感情。他懂得感情并将感情深沉地化为他永恒的音乐。

1997 年 7 月 10 日于北京

最后的海菲兹

说来有些惭愧，一直活到四十来岁，才知道世界上有个海菲兹（Jascha Heifetz）。

去年夏天一开始就那样闷热，一直延续了整整一个夏季。就在那个夏季快要熬过去的一天夜晚，没有一丝风，只剩下汗津津如虫子爬满一身一样的感觉。我随便打开音响，中央人民广播电台的立体声音乐节目正介绍海菲兹，播放着他演奏的贝多芬《D大调小提琴协奏曲》。那乐声一下子吸引了我。我不能说曲子美，那是不够的，浅薄的，只有历尽世事沧桑，饱尝人生况味的人，才会拉出这样的琴声。那有力的揉弦，坚韧的跳弓，强烈的节奏，飞快的速度，如此气势磅礴，飞流直下三千尺般冲撞着我的身心；进入第二乐章，一段飘然而至的抒情柔板，真给人一种荡气回肠之感，像是河水从万丈悬崖上急遽跌落，流进一片无比宽阔深邃的湖面，那湖面映着无云的蓝得叫人心醉的天空。悠扬的琴声立刻侵入我的骨髓，我禁不住全身心为之颤动，浑身血液都融化进那无与伦比的琴声之中。虽然是抒情，他拉得依然沉稳，绝不泛滥自己的情感，让人格外感到深沉，犹如地火深藏在岿然不动、冷峻无比的岩石之中。

这就是海菲兹！这就是贝多芬！是海菲兹把贝多芬那宽厚而博大的气势

表现了出来。虽然我知道这是贝多芬所作的唯一一首小提琴协奏曲，为了纪念一位名叫丹叶莎·勃伦斯威克的伯爵小姐的爱恋之情，但绝非只是恋人浪漫曲。我从海菲兹的琴声中顽固地听出是对一种刻骨铭心的理想历尽磨折而终不可得又毕生不悔孜孜以求的复杂心音，这样的琴声不能不让我的心滤就如水晶般澄清透明，锤打得更坚强一些而能够理解人生、洞悉人生。最后一缕乐声消失了，我还愣愣地站在音响旁，望着闷热无雨的夜空发呆，只是一下子觉得天清气爽起来，星星一颗颗可触可摸，晶亮而冰洁。

我第一次认识了海菲兹，便永远忘不了他！我忽然涌出一种相见恨晚，他乡遇故知的感情，浓浓的，竟一时搅不开。

我找到有关海菲兹的传记材料，才知道早在我第一次听他演奏这首贝多芬小提琴曲的两年前，他便死在美国洛杉矶的一家医院里——8 月 10 日，也是这样一个闷热的夏夜，他走完了人生 84 年的旅程，而我却以为他一定还活在人世，还会为我们演奏他和我一样喜欢的贝多芬！

这位出生于俄国，有着犹太血统的美国小提琴演奏家，是当今最伟大的小提琴家。萧伯纳曾这样写信给他说："爱嫉妒的上帝每晚上床都要拉点什么！"音乐界则众口一词："海菲兹成了小提琴登峰造极的同义词。"所有这一切评价，他都受之无愧！听完他演奏的贝多芬这首小提琴协奏曲，我曾特意找到其他几位小提琴家演奏的同样曲目，结果我固执而绝对排他地觉得没有一位能够赶上他，没有谁能够将乐曲那内在的深情，磅礴的气势，以及作曲家那特有的宽厚脑门中深邃的思索，一并演奏得如此淋漓尽致！无论是思特恩、祖克曼、帕尔曼，还有大卫·奥依斯特拉斯！这位 11 岁便开始以独奏家身份巡回演出的天才，一生足迹遍布全球，总共行程 20 万英里，演奏 10 万小时，光看这两个数字，就是多么的了不起呀！他所向无敌，征服了全世界小提琴爱好者的心！这不仅因为海菲兹有着旁人难以企及的演奏技巧，更重要的是他有着一颗与贝多芬一样坚强而博大的心灵。他在世的八十余年中，经历了两次世界大战，可谓阅尽春秋演义，无论日本地震后，爪哇暴动后，还是天津被日本入侵后，他都赶赴现场演出，以他宽厚的人道主义的琴声与那里的人民交融在一起。第二次世界大战中，他上前线为战士演出三百余场。他对战士们讲："我不知道你们需要什么，我将演奏舒伯特的《圣母颂》！"他赢得了战士们的掌声。《圣母颂》成为他为战士们演奏次数最多的曲子。1959年，虽然他已经宣布退出舞台，而且刚刚摔伤不久行走不便，为了参加庆祝人权宣言八周年的活动，他仍一手拄着拐杖，一手抱着小提琴，走进联合国大厅演出。正因为海菲兹有着如此举世无双的技艺和人格，才赢得人民对他长达半个多世纪的经久不衰的爱戴。当他重返苏联演出时，那里的音乐爱好者不惜变卖家具等贵重物品，凑钱买票观赏他的演出，演出结束后，年轻人伫立街头久久不肯散去，等待他从剧场出来，向他高声欢呼致意！

我对海菲兹越发崇拜。我注意搜索广播节目报上海菲兹的名字。终于有一天，我见到了预报中有他演奏的贝多芬《D大调小提琴协奏曲》，托斯卡尼尼指挥。我提前半小时便将调频台对出，把准备录音的空白镀铬的金属带装好，像坐在音乐厅中一样，静静地等待海菲兹的出场。非常遗憾，那一天天不助我，噪声比往常严重得多，无论我是怎样变换天线的角度和方位都无济于事。但我还是将这长达40分钟的曲子录下音来，反复播放，一遍遍沉浸在海菲兹那炉火纯青的琴声中，即使杂音也无法遮挡海菲兹的光芒。

不过，毕竟有杂音。我希望能够买到一盘真正海菲兹的磁带或一张唱片，原版的。我竟像现在的年轻人迷恋他们心目中的歌星一样，开始跑音像商店，寻找海菲兹的踪影。不过，我知道，我寻找的是一位足可以跨世纪的音乐巨星，不敢说是恒星，但绝非年轻人心中常变易的流星。可惜，王府井、西单、灯市口、北新桥的“华夏”门市部、琉璃厂的“华彩”销售点……都没有海菲兹。海菲兹哪里去了？他的琴声曾传遍世界，仅在美国胜利唱片公司一家便出版过他的长达26小时的乐曲录音，还只是他全部演奏乐曲录音的三分之一。这该有多少不同品种的磁带或唱片！为什么偏偏我就寻找不到呢？莫非我们果真如此淡漠海菲兹？

我不甘心，仍在寻找。去年底，北京农展馆举办的第三届国际音像制品展销会的目录上，我见到了海菲兹的名字。不仅有他演奏的贝多芬，还有莫扎特、勃拉姆斯、布鲁赫……我真高兴，跑到农展馆，却是扫兴：海菲兹尚在迢迢旅途中，他的唱片尚在海上运输轮船的船舱里没有到达。毕竟有了希望。那船即便半路遇到风雨，即便沿途意外抛锚，它总会到来。那是我的红帆船！

我实在没有想到它竟然这样慢。一直到了今年春天，我在灯市口音像制品商店琳琅满目良莠不齐的激光唱片的橱窗里，才看见了“J.Heifetz”几个字母，黑色唱片封面上醒目的白色手写体，是海菲兹的亲手签名。签名旁便是海菲兹的黑白照片剪影。这是我第一次见到他的照片：苍白的头发，宽阔的前额，高耸的鼻梁，左手抱着的或许便是那把1814年产的跟随他一生的小提琴，右手持长长的琴弓，面部表情冷峻，俨然花岗岩石一般。但我知道就在这近似冷酷无情之中蕴含着他的深邃与真情，他将自己炽热的性格不是燃起火，而是凝结成玉骨晶晶的冰。他拉琴时身体几乎纹丝不动，绝不像有些琴手那样动作幅度大，或故意甩动自己潇洒的长发，更不会如我们有些浅薄的歌手那样搔首弄姿。我懂得，这是只有阅尽历史兴衰，饱经沧桑之后才会出现的疏枝横斜、瘦骨嶙峋。他不会为一时的掌声而动容，也不会为些许的挫折而蹙眉。望着他那双冷漠得几乎没有光彩和眼神的眼睛，我心中涌动着对他的一份理解和崇敬。

非常可惜，这是一张西贝柳斯《D小调小提琴协奏曲》的激光唱片，而不是我与他都那样喜欢的贝多芬的《D大调小提琴协奏曲》。我还从未听过西贝柳斯这支协奏曲，不敢断定自己是否喜欢。我仔细将橱窗里每一张唱片又看了一遍，依然没有海菲兹的第二张唱片。我决定还是买下，毕竟这是海菲兹的西贝柳斯。爱屋及乌嘛，海菲兹一定不会让我失望的。更何况唱片上还有海菲兹的照片和手迹。

我对服务员小姐讲要买这张唱片。她风摆柳枝般摇到店铺找了好半天，居然空手而出。“对不起！唱片只剩下这一张，其余都卖光了。你如果要这一张，我就从橱窗里取出来！”她这样对我说，我只好点点头，看来还有比我幸运的捷足先登者。她从橱窗里取出这张唱片，上面落着尘土，灰蒙蒙地遮着海菲兹瘦削的面容和他那把心爱的小提琴。我拂去尘土，海菲兹无动于衷，依然凝神地望着不知什么地方。我买下这最后一张海菲兹唱片。无论怎么说，它是我自己拥有的海菲兹。

回到家，听听海菲兹琴声中的西贝柳斯。啊！一样令人感动。一开始小提琴中庸的快板头一句柔和的抒情中蕴含着力度，就立刻把我吸引。随后，低音的沉稳，高音的跳跃，与浑厚大提琴伴奏的谐和，让人感到芬兰海湾海浪苍苍、海风拂拂、一派天高海阔的画面。第二章的柔板演奏得绝非像有的琴手那样仅剩下缠绵如同软软的甜面酱，而是略带忧郁和神秘低音区与高音区的起伏变幻，像静静立在海边礁石上，对着浩瀚的包容一切的大海诉说着悠悠无尽的心事。让人遐思翩翩，能够忆起自己许多难以言说如梦如烟的往事。虽然，明显的北欧的韵味与贝多芬的小提琴协奏曲的日耳曼风格不尽相同，但依然是海菲兹！他不过重宣泄个人缠绵的情感，而是更看重对浑厚人生的理解和追求。他不屑于大红大紫的艺术效果，而把琴弦拨动在内心深处一隅，静静地与你交流、沟通。这在第三乐章快板中可以明显触摸到。我感谢海菲兹又给了我一个大圆脑袋秃顶的西贝柳斯！

一天，朋友来访，我请她听新买的这张海菲兹唱片。我向她推崇备至地诉说海菲兹，对她讲以前没听过西贝柳斯这支小提琴协奏曲，买了这张唱片第一次才听到，才知道其妙不可言……其实，这些话都是多余的，她是我童年的朋友，我们是街坊，那时，她的弟弟是个狂热的小提琴迷，靠着灵性和刻苦拉一手好琴，几乎是无师自通。他唯一的老师便是唱片。只是那时我们都是一群渴望太多胃口太大却又实在太穷的孩子。她弟弟一直盼望能买到几张当时的密纹唱片，永远据为己有而不用向别人借用，却苦于手头无钱。是她这个当姐姐的省下住校的饭费，为弟弟买了一张旧唱片。那一年暑假，院子里便整日响着这张唱片放出的小提琴曲。她弟弟一遍又一遍不知疲倦地学着唱片拉他的小提琴。在弟弟的熏陶下，她也成了音乐迷，比我懂音乐，用不着我絮叨，她一定会和我一样喜欢海菲兹的。

没错！她立刻听入了迷。渐渐的，我竟发现她的眼睛里蓄满晶亮的泪水，映着眼镜片上一闪一闪的。西贝柳斯这首《D小调小提琴协奏曲》结束时，她半天没有讲话，然后突然抬起头来问我：“这首曲子你以前没听过吗？”我点点头。她又问：“小时候，忘了？”我皱皱眉头，怎么也想不起来。她接着说：“那年暑假我给我弟弟从委托商店买了张旧唱片，我弟弟学着天天拉琴，你怎么忘了呢？就是海菲兹演奏的西贝柳斯这支曲子呀！”

我好悔！对音乐爱好来得太迟！那时，我只迷文学，不怎么喜欢音乐。天天单调地听一支曲子，心里还有些腻烦。谁料到呢，那时海菲兹便神不知鬼不觉地来到我的身边，我却如此漫不经心地与他失之交臂！那时，我不懂人生！不懂世界！更不懂历史！我未尝过艰辛，未受过坎坷，未见过各式各样的嘴脸！自然，我便不会懂海菲兹！他没有责备我年轻时的幼稚与浅薄，今天，在我迈过不惑之年的门槛时，他重新向我走来。这是命中割舍不断的缘分？还是冥冥中幽幽主宰的命运？

是的，只有在今天我才稍稍听懂了海菲兹。

童年，是听不懂海菲兹的！

1990年7月12日于北京

40岁的奥蒂

春节期间我到外地过年，回到家，翻看已经积成一大堆的报纸，忽然看见春节前夕2月3日报上有一张奥蒂正在甩臂奔跑的照片。照片不小，又是彩色的，很是醒目。照片下有两行字的说明："牙买加短跑皇后玛琳·奥蒂昨天在西班牙瓦伦西亚举行的国际室内田径比赛中，以7.15秒的成绩夺得60米跑冠军。"

照片中的奥蒂，穿着绿色的彪马田径装，梳着披肩短发，一把发卡将头发绾在背后，露出宽宽的额头，紧闭双眼，张大嘴，急促呼吸在冲刺。除了一身常年被阳光晒得黝黑的皮肤光泽依旧没有变之外，整个人比以前显得有些瘦削，面容也显得有些苍老。

想想，奥蒂今年40岁整了。

作为一个女人，40岁是一个严酷的年龄；作为一个运动员，40岁是一道严峻考验的门槛；作为一个女运动员，40岁还能奔跑在赛场上，实在是一个奇迹。

我和奥蒂只有一面之缘。

和人的交往，有时候不在于时间的长短，或次数的多少，有时候，哪怕只有瞬间的一面之交，印象深刻，却是胜过常年在一起的耳鬓厮磨，正如只有10秒左右的百米比赛，在许多时候会比马拉松长跑还要精彩而扣人心弦。

我和奥蒂的见面是在1992年的巴塞罗那奥运会上。那一天晚上，我是专门看她的100米决赛去的。前两天的200米她只跑了第三，我当然希望这一晚她能如愿夺魁。我知道，她这人一直不顺，自20岁时起开始漫长的田径生涯，她参加过5次奥运会，6次世界田径锦标赛，除了在哥德堡世界田径锦标赛上拿过一个200米冠军，而那个冠军还是因为事后发现美国的托伦斯弯道时踩线取消其冠军资格而转落在她的手中。她从未拿过百米金牌，她一直拿的都是亚军、第三，或第五。有人开玩笑说她永远做伴娘而难做新娘。

可惜，命运再次未向她垂青。那天晚上的百米，她只拿了第五，可以猜想到她心中的苦涩。看完她的比赛，我便也退席了，我根本没有想到能见到她。谁想到下到看台外，在运动员区内，我突然看见她正在换衣服，虽然她是躲在角落里，低着头，谁也不理。隔着老远，我冲着她大叫一声她的名字："奥蒂！"她听见了，抬起头，我挥挥手，请她走过来，她竟那样顺从，向我走过来，一直走到隔离的栏杆前再无法走为止，没有一点儿所谓明星的架子。

可以说，从那一次起，我对她的比赛非常关心。她的善解人意，和质朴的言行，让我对她怀有好感。

那一年，她就已经32岁了。32岁的女人，正在爱巢和家的小窝里酥软了肌骨，即使爱和家两者都不满意，也会在恨海爱潮中抛洒几把眼泪，让人小心翼翼地接着而湿润了香水罗帕。而32岁的奥蒂却已经在田径场上辛辛苦苦奔跑了12年，每一次都是以失败而告终，从未拿过一次真正意义上的金牌。

但她始终不渝。一直坚持跑在塔当跑道上。

在世界所有运动员中，能坚持到40岁还奔跑在赛场的，为数不多，或绝无仅有。因为在毒太阳底下奔跑，毕竟和在花前月下谈情说爱、和在席梦思床上做爱的滋味不一样。

去年，看报纸有消息说奥蒂服用了违禁药物而被停止比赛，并取消参加今年在悉尼举行的奥运会的资格。当时，我实在不相信，因为奥蒂在我心目中的印象实在是太好了。现在，奥蒂又出来比赛了，是不是说明去年的消息的错误，或说明已经为奥蒂洗白，她可以参加悉尼奥运会了？不管怎么说，奥蒂重又出现在田径场上，还是让我振奋 ，让我为她高兴。

她今年已经 40 岁了，青春早已如鸟飞逝，机遇也不会如夏季的鲜花，开过一朵还会摩肩接踵开下面的许多朵。与年轻运动员相比，她的年龄大了人家一倍。但她还是顽强地和人家站在了同一起跑线上。并不是所有的运动员都能如她一样坚持到 40 岁，还奔跑在田径场上的。面对急流勇退、见好就收，或惧怕失败、而远离失败，奥蒂这样的选择，是一种体育的哲学，更是一种生命的哲学。

我希望在报纸上看到她这次比赛的照片，能够是一朵今春吉祥的报春花。我希望在今年悉尼奥运会上能够看到她比赛的身影，看她如一道黑色的闪电、一团黑色的火焰、一头黑色的豹子、一匹黑色的绸子，在棕红色的跑道上掠过。

2000 年初春于北京

我们为什么特别喜爱老柴

再没有一个国家能够比得上我们对柴可夫斯基（Peter Lynch Tchaikovsky，1840—1893）充满感情的了。我们似乎都愿意称他为“老柴”，亲切得好像在招呼我们自己家里的一位老哥儿。

我始终弄不明白，为什么我们对柴可夫斯基如此地一往情深。或许是因为我们长期受到俄罗斯文学的影响，便近亲繁殖似的，拔出了萝卜带出了泥，对柴可夫斯基有着一种传染般的热爱？从骨子深处便有了一种认同感？或者是因为柴可夫斯基打通了宗教音乐与世俗民歌连接的渠道，有了一种抒情的歌唱性，又混合了一种浓郁的东方因素，便容易和我们天然的亲近？让我们在音乐的深处能够常常和他邂逅相逢而一见如故？

柴可夫斯基就这样能够轻而易举地和我们相亲相近。几乎每一个中国喜欢音乐的人，特别是中国的知识分子，似乎都容易被柴可夫斯基所感染，这在他们的书中都能够找到许多溢于言表的证据。这大概是音乐史中一个特例，或者说是一个奇怪的现象，令柴可夫斯基本人也会莫名其妙吧？

丰子恺先生在 20 世纪初期是这样解释这种现象的：“柴可夫斯基的音乐中的悲观色彩，并不是俄罗斯音乐的一般的特质，乃柴氏一个人的特强的个性。他的音乐所以著名于全世界，正是其悲观的性质最能够表现在‘世纪病’

的时代精神的一方面的‘忧郁’的缘故。”（《世界大音乐家与名曲》）

我不知道丰先生是不是说得准确，但他指出的柴可夫斯基的音乐迎合了所谓“世纪病”的时代精神一说，值得重视。而对于一直饱受痛苦一直处于压抑状态一直渴望一吐胸臆宣泄一番的我们中国人来说，柴可夫斯基确实是一帖有种微凉的慰藉感的伤湿止疼膏，对他的亲近和似曾相识是应该的。

作家王蒙在他的文章里曾经明确无误地说：“柴可夫斯基好像一直生活在我的心里。他已经成为我的生命的一部分了。”他说他的作品：“多了一层无奈的忧郁，美丽的痛苦，深邃的感叹。他的感伤，多情，潇洒，无与伦比。我总觉得他的沉重叹息之中有一种特别的妩媚与舒展，这种风格像是——我只找到了——苏东坡。他的乐曲——例如《第六交响曲》（《悲怆》），开初使我想起李商隐，苍茫而又缠绵，缛丽而又幽深，温柔而又风流……再听下去，特别是第二乐章听下去，还是得回到苏轼那里去。”（《行板如歌》）

另一位作家余华，在他专门谈音乐的新书《高潮》中有一篇文章则这样地说：“柴可夫斯基一点儿也不像屠格涅夫，鲍罗丁有点儿像屠格涅夫。我觉得柴可夫斯基倒是和陀思妥耶夫斯基很相近，因为他们都表达了19世纪末的绝望，那种深不见底的绝望，而且他们的民族性都是通过强烈的个人性来表达的。在柴可夫斯基的音乐中，充满了他自己生命的声音。感伤的怀旧，纤弱的内心情感，强烈的与外在世界的冲突，病态的内心分裂，这些都表现得非常真诚，柴可夫斯基是一层一层地把自己穿的衣服全部脱光。他剥光自己的衣服，不是要你们看他的裸体，而是要你们看到他的灵魂。”（《重读柴可夫斯基》）

非常有意思的是，他们一个把柴可夫斯基比成了苏轼和李商隐，一个把柴可夫斯基比成了陀思妥耶夫斯基。也许，你会觉得将柴可夫斯基比成苏轼和李商隐，有些玄乎；而把柴可夫斯基比成陀思妥耶夫斯基，又有些过分。

但他们都是从文学中寻找到认同感和归宿感。（有意思的是，美国音乐史家朗格在他的《十九世纪西方音乐文化史》一书中，则把柴可夫斯基比成英国诗人密尔顿，也是文学意义上的比拟），这一点上和我们大多数人是相同的。也就是说，我们在听柴可夫斯基的时候，已经加进我们曾经读过的文学作品的元素，有了参照物，也有了我们自己的感情成分，柴可夫斯基进入我们中国，已经不再仅仅是他自己，柴可夫斯基不得不入乡随俗。我们在柴可夫斯基里能够听到我们自己心底里许多声音，也能够从我们的声音里（包括我们的文学和音乐）听到柴可夫斯基的声音。可以说，从来没有任何一位音乐家和我们能够有如此心同身感的互动。

我们对柴可夫斯基的感情，也许还在于他同梅克夫人那不同寻常的感情。当然，这也是世界所有热爱他的人都感兴趣的地方，并不能仅仅说是我们的专利。但是，对于他们长达 14 年之久的感情，而且是超越一般男女世俗的情欲与肉欲的感情，保持得那样高尚而纯洁，是我们所向往的。在一个情感和情欲一直处于压抑的年代里，这种柏拉图式的感情自然更会给知识分子多一份慰藉和憧憬，柴可夫斯基与梅克夫人的通信集，早在 20 世纪 40 年代，我国就有了陈原先生的译本，直至现在再版不断。

我们知道，梅克夫人是在听了柴可夫斯基的《〈暴风雨〉序曲》之后格外兴奋而对他格外感兴趣的。在他们结识以后她曾经对柴可夫斯基坦白地说道："它给我的印象我简直无法对您言喻，有好几天我一直处于半疯癫状态。"她渴望能够和柴可夫斯基结识，但不希望和他见面。她说："我更喜欢在远处思念你，在你的音乐中听你谈话，并且通过音乐分享你的感情。"而柴可夫斯基在创作了献给梅克夫人的第四交响曲并对她说这是"我们的音乐"之后，也表达着和梅克夫人同样的心声："威力无边的爱情……唯有借助音乐才能表达。"（《柴可夫斯基书信选》）

也许，世界上再没有这样完全被音乐所融化的男女之情了吧？我反正是没听说过。关键是我们现在能够拥有如梅克夫人一样具有真正纯正的音乐素养的人太少——还不要说音乐才华。我们的音乐已经越来越被华而不实的晚会歌曲所包裹，只是发自功利，而不是发自内心，出发地和终点站都不一样，南辕北辙是不奇怪的。

梅克夫人非常有艺术天赋，这首先来自家传，他的父亲就是个小提琴手，她自己弹一手好钢琴。所以，他们是真正在心灵上的交流，真正在音乐中的相会，梅克夫人不是为了附庸风雅，凭着自己有钱而豢养着音乐家绕在自己的膝下；柴可夫斯基也不是为了傍上一个富婆（要知道柴可夫斯基每年从梅克夫人那里得到6000卢布的赞助，这在当时是一笔不小的数目），使得自己尽快地脱贫致富好爬上中产阶级的软椅。他们在佛罗伦萨同住一所庄园里，本来可以有见面的机会时也要坚守诺言，梅克夫人要把自己出门散步的时间告诉柴可夫斯基，希望他能够回避，即使偶尔柴可夫斯基忘记而和她意外相遇，他们也会只是擦肩而过从不说话。正因为对感情有如此超尘拔俗的追求和把握，他们才能够坚持了14年之久的通信，柴可夫斯基才能向她毫无保留地倾吐了在别人那里从未说过的关于音乐创作的肺腑之言，梅克夫人也才能向他倾诉了内心的一切包括一个女人最难说出口的隐私。他们把彼此当成了知己，联系着他们的心的不是世俗床笫之间的男欢女爱，而是圣洁的音乐。如果不是后来在1890年梅克夫人知道了柴可夫斯基是同性恋，也许不会中断与他的交往和通信。

从柴可夫斯基和梅克夫人的关系来看，我们可以看出他的真诚，从他的音乐中听出这份真诚来，应该是不错的了。同时，我们也可以看出柴可夫斯基长期被压抑的感情（梅克夫人毕竟比他大9岁，还有过一次红杏出墙和丈夫的秘书生下一个孩子，她的丈夫就是由此而丧生。她有过丰富的感情经历，还有 12 个孩子，柴可夫斯基的感情生活却是贫瘠的，他只是为了掩饰自己是同性恋而有过草率而匆忙的婚姻），从他的音乐里能够听出感情有时宣泄有时煽情有时压抑有时扭曲，应该也是不错的。

说起柴可夫斯基的音乐，我们爱说其特点是“忧郁”，是“眼泪汪汪的感伤主义”。当然，仅仅说是“忧郁”和“眼泪汪汪的感伤主义”是不够的。柴可夫斯基的音乐是很丰富的。我们听得非常熟悉的他的《第一钢琴协奏曲》（1875 年）、《D 大调小提琴协奏曲》（1878 年）、《第一弦乐四重奏》中的《如歌的行板》（1871 年）、《〈罗密欧与朱丽叶〉幻想序曲》（1869 年）、《意大利随想曲》（1880 年）、《1812 年序曲》（1880 年），以及他有名的《第四交响曲》和《第六交响曲》（1877 年、1893 年），和他的好多部芭蕾舞剧的音乐，其中我们最熟不过的《天鹅湖》（1876 年）、《睡美人》（1890 年）和《胡桃夹子》（1892 年）……我们对于柴可夫斯基，真可以是如数家珍。但是，“忧郁”和“眼泪汪汪的感伤主义”，毕竟是感动我们的最主要部分，即使在上述的作品中，我们依然能够听到这样的感觉——春花秋月何时了，往事知多少；问君能有几多愁，恰似一江春水向东流；城上高楼接大荒，海天愁思正茫茫；青鸟不传云外信，丁香空结雨中愁……我们能够从我们的古典诗词中信手拈来多少与老柴这些音乐链接，吻合跃动在同一个脉搏上。

柴可夫斯基的旋律，是一听就能够听得出来的。特别是在他的管弦乐中，他能够鬼斧神工般在其中运用得那样得心应手，逢山开山、遇水搭桥一般手到擒来，那些美妙的旋律仿佛像是神话里的藏在森林的怪物，可以随时被他调遣，为他呼风唤雨。在他的那些我们最能够接受的优美而缠绵、忧伤而敏感、忧郁而病态、委婉而女性化、细腻而神经质的旋律里，我们可以明显地感受到他的感情是那样的强烈，有火一样吞噬的魔力，有水一样浸透的力量，也有泥土一样厚重的质朴。那种浓郁的俄罗斯味道，是我们最熟悉也是我们最喜爱的原因了。

在这一点上，曾经尖锐地批评过柴可夫斯基的朗格有过精彩的阐发：“柴可夫斯基的俄罗斯性不在于他在他的作品中采用了许多俄国的主题和动机，而在于他艺术性格的不坚定性，在于他的精神状态与努力目标之间的犹豫不决。即使在他最成熟的作品中也具有这种特点。”（《十九世纪西方音乐文化史》）朗格所说的这种特点，恰恰是俄罗斯一代知识分子所具有的共同的特点。我们在托尔斯泰、契诃夫，特别是在屠格涅夫的文学作品中（比如屠格涅夫的小说《罗亭》），尤其能够感受到那一代知识分子在面对自己国家与民族命运时刻所奋斗所求索的性格，这种性格在犹豫不决的不坚定性中蕴含着那一代人极大的内心痛苦。

也许，明白了这样的一点，我们才多少能够理解一些柴可夫斯基音乐中的俄罗斯性，也才会多少明白一些为什么在我们中国那么多的知识分子特别是老一代的知识分子（新生代对柴可夫斯基早已经不那么感兴趣了），对柴可夫斯基那样一往情深，一听就找到了息息相通的共鸣。柴可夫斯基才不仅独属于俄罗斯的音乐，也和我们一拍即合。

我们就是这样迷恋上老柴的，或者说老柴就是这样轻车熟路地走入我们的家门，成为我们家人的。

值得记住的一点，并也值得研究的一点，是老柴开始步入我们的家门的时候，在欧洲和美国，已经是包括老柴在内的古典主义和浪漫派音乐日渐式微的时候。为什么在这样历史的分界点，我们却对老柴一见如故，如获至宝？

英国学者雷金纳德·史密斯·布林德尔在他的《新音乐》一书中曾经指出：第二次世界大战之后，西欧电台播放的音乐内容发生了根本性的变化，首先播放的是“巴托克、斯特拉文斯基、欣德米特、贝尔格以及勋伯格那些被忽略的宝贵作品。”同时，他指出：“这种新音乐所追求的不是甜美的旋律（哪怕是简短的），不是紧凑连贯的和声和清晰的曲式。事实上，当时，到底要追求什么样的声音人们并不明确，只知道要避免什么。”显然，那个时代，我们的上一辈慢了一拍，至少也慢了半拍。其实，我们同样经历了第二次世界大战，饱受的磨难应该是一样的，但在战后我们的选择却是不一样的。我们选择的还是甜美的旋律、紧凑连贯的和声和清晰的曲式。我们喜爱的还是老柴式的“忧郁”和“眼泪汪汪的感伤主义”，而且强烈地和其一塌糊涂地共鸣。曾经赞赏过老柴的他的俄罗斯同胞斯特拉文斯基，当时却明确地说：“音乐从本质上没有能力表现感情的任何东西——无论是感情还是思想态度，还是心理情绪。”他们都已经无情地抛弃了柴可夫斯基，而我们却把他重新拾回。我不知道该如何解释这一事实，也许，和那时我们正在革命的年代有关；或和我们的民主化进程有关；或和我们知识分子一直的软弱有关；或和我们的讲究言情言志的传统文化有关。我们只是知道，老柴确实影响了我们国家的两代人，这种影响不仅是感情，而且包括音乐在内的文艺创作的思维模式。

还是布林德尔，在分析第二次世界大战之后那个特定的时代的选择时说过：“音乐历史中，以前的任何关键时期都有不得不‘重新开始’的时候。”不仅仅是对于我们的老柴，我们似乎都应该有我们不得不重新开始的时候了。

2002 年岁末改毕于北京

谒铁托墓

铁托墓在贝尔格莱德城南的德迪涅山上，离城中心不远，半个小时的车程。我曾经三次到过贝尔格莱德，来去匆匆，都和铁托墓擦肩而过，这次时间再如何紧张，也要前往拜谒。

铁托墓的位置，是原来的总统府，叫作花宫（The house of flower），一个很漂亮的名字，如今，铁托睡在这里，很适合，很匹配。正是初秋季节，满山的树，五彩斑斓，风吹拂着树的枝叶花头巾一样飘曳，仿佛整个的山轻轻在动。拾级而上，到处落满醋栗、松果和金黄色的李子，错落杂陈成一道图案奇特的地毯，带我上山。花宫的门在半山腰上，很小，出乎我的想象，也就只能并排走过两人的样子。而且，没有任何提示，或某位名人的题字之类，如此的朴素，也许正符合铁托本人的意思。

进门来，左手处便是铁托墓，右手处是陈列室，正前方则是沿山坡一溜儿茵茵的草坪，间或有一些雪松和白桦。草坪上立着不少青铜雕塑，我一眼望见的是立在最前面的铁托，他身披军大衣，足蹬长靴，挎着手枪，垂着头，剑眉紧蹙，正迈步前方，充满动感，形神兼备。在他身后不远的白桦丛中，则立着游击队员和背负着伤员的塞尔维亚百姓形象的群雕。在法西斯入侵前南斯拉夫的时候，铁托是人民军的总司令，率领各族人民顽强抗击侵略者，成为世界闻名的英雄，铁托那时说过一句荡气回肠的话："别人的我们不要，是我们的，也绝不能够给别人。"在那时，铁托化名过瓦尔特，这总让我想起前南斯拉夫那部有名的电影《瓦尔特保卫萨拉热窝》，不知道这两个瓦尔特有没有什么必然的联系，却可以肯定寄托着人们对铁托的感情。

有意思的是，走到山顶，在陈列室的门前不远的地方，还立着一尊青铜像，和刚才见到的铁托像一模一样，前后呼应着，强化着人们的印象，仿佛战火和硝烟一直在弥漫着，铁托带着人们从山下冲锋到了山顶。陈列室沿山坡盖起，蜿蜒的长龙一般，里面陈列着前南斯拉夫各族人民和各国政府赠送给铁托的礼物，其中有一架铁皮鼓似的六弦琴，是一位在战争中失去手指的人用股腕制作而成的，留给我的印象最深。这让我想起我们曾经共有的年代，对于领袖真诚得近乎盲目的崇拜。虽然，那琴鼓和琴弦早已经破败而折断，却让我久久流连，感叹着"折戟沉沙铁未销，自将磨洗认前朝"。

压轴戏放在拜谒铁托墓上，这是一座长 20 米、宽 15 米的玻璃房，四周和穹顶都是用玻璃制成的，阳光直射进来，满屋金子般灿烂。这原来是铁托办公之余常爱去的花房，是他自己的要求，死后一切从简，就埋在花房里，生前大多时间和征战与论战为伍，死后就让花丛和自己为伴吧。要说那陵寝并不大，我们现在新建的别墅，有的也要大于这 300 平方米呢。墓穴和墓碑连在一起，墓穴上方有一座大约长 10 米宽 5 米高 1 米的白色大理石，便是墓碑了，没有任何装饰，没有任何谀辞，只雕刻着"约瑟普·布洛兹·铁托 1892—1980"几个金色大字，横躺在上面，就像铁托自己永远沉睡在这里一样，这样睡得会很安详。

墓碑的一侧，有两间屋子，一间布置成铁托办公室的样子，有办公桌和书架，还有一尊半身像和一幅扶面沉思的油画像。另一间则全部是我们中国的明清家具，黑色的木料上镶嵌着亮晶晶的宝石。铁托一生对中国充满感情，当年我们严厉批判他为修正主义，他从来没有反击过，甚至没有为自己辩解一下。他一直敬仰我们的领袖毛泽东，一直渴望与毛泽东的会面，他曾经说中国和南斯拉夫一样，都是靠着自己用枪杆子打出来的伟大国家。可惜他终于来到我们中国的时候，毛泽东已经去世，错过了世界公认的两位强人兼伟人握手的那历史性的镜头。

墓碑的另一侧房间里，陈列着的全部是火炬，那是每年铁托生日那天前南斯拉夫人民高举火炬接力之后送给铁托的礼物。那些火炬的材质和造型完全不同，百花争艳一般，都是出自能工巧匠之手，一般最后将火炬交到铁托手里的人，都是火炬的设计者或制造者。这样火炬传递的节目，成为过去那个年代里的传统，一直延续到铁托去世 6 年之后的 1986 年。铁托的生日是 5 月 25 日，所以人们把铁托墓叫作“5 月 25 日纪念馆”，而不叫以前的名字“花宫”，这个名字比花宫更充满情感。伟人是时代和人民共同创造出来的，时代过去了，人民心中的情感，还像是火炬中火焰，并没有消失成灰烬。

铁托墓的下方，是铁托逝世之后建立的一座铁托纪念馆，很宽阔，上下两层楼，前面有轩豁的广场，俯视着萨瓦河、多瑙河和整个贝尔格莱德城。只是由于经济的原因，纪念馆近年被出租了出去，现在正在筹备一场现代艺术展，门前的白色花架已经爬满铁丝网，刺猬一样抖擞着，装置成为第一件展品。大门旁的玻璃窗上悬挂着一条标语：“文化在一个国家的位置是一个情人的角色。”我不太明白这里所说的文化，指的是将要展览的现代艺术，还是指以前纪念铁托的那些展品。

一位上点儿岁数的纪念馆工作人员见我在门前发愣，热情地用英语招呼我，可以进去在一楼展厅里看看，那里还有两辆铁托当年坐过的汽车，其余的展品都已经打包放在地下室了。许多塞尔维亚人对此并不满意，如何评价铁托，那是历史学家的事情，对于一般人而言，铁托时代，他们的人均月工资曾经达到过 1500 美元，那时候老百姓贷款买了房子车子，后来货币贬值，需要付的贷款增多，但仍按照原贷款的面额和利息，差额部分不用百姓而是由政府埋单。现在在贝尔格莱德的街头还可以看到那时买的奔驰车在跑，起码跑三十多年了，还顽强地记忆着一个早已经逝去的时代。

过去的日子，对于时代是历史，对于民间是故事，对于百姓就是记忆。

2006 年 10 月 5 日于贝尔格莱德

莎士比亚书店

在最新一期《三联文化周刊》上，读到一篇署名里克的短文《乔治·惠特曼》。才知道在巴黎颇负盛名的莎士比亚书店的老板叫乔治·惠特曼，而这位已经 98 岁的老人，在刚刚过去的 2011 年的年底去世了。禁不住心里涌出一阵伤感，也有一份敬意。

开在巴黎左岸拉丁区的莎士比亚书店，是巴黎的一道风景。虽然它的门前赶不上罗浮宫或巴黎圣母院那样人流如织，但喜欢书籍和文学的人，那里是不可不去流连的地方。我一直以为，在巴黎的左岸，莎士比亚书店和黑猫咖啡馆是对称的两极，如同我们古典诗歌里的精美的比兴和对仗，让巴黎有了诗的韵味。

这两个地方，都曾经是作家艺术家常来的地方，当然，是那些潦倒的作家艺术家，绝对不是如今我们这里经常光顾摆满精致座签或财富排行榜上的作家艺术家。但是，在这两个地方，却诞生了杰出的作家艺术家，比如乔伊斯便是诞生在莎士比亚书店，德彪西诞生在黑猫咖啡馆。那里充满艺术的气息和自由的呼吸，让巴黎这座城市海纳百川，是真正的“大狗可以叫，小狗也可以叫”。

和黑猫咖啡馆不大一样的，是莎士比亚书店还为那些潦倒的作家提供免费饭菜和住宿，老乔治腾出来的是自己在三楼的卧室。他让他们在这里看书写作，过几天或几个月自由自在和莎士比亚和缪斯接近的日子。他喜欢看年轻人天真快乐有点伤时感怀的样子。

3 年前的 5 月，我从巴黎圣母院出来，本要去拉丁区看我曾经在北大荒的一位朋友在那里开的一家小店，谁想过了塞纳河没走几步，一眼就看见了莎士比亚书店，绿色的店铺门窗，如同春天的绿叶一样清新醒目，顿时立在那里，然后跑了几步奔了过去。那感觉，有几分他乡遇故知的意思。想起在电影《爱在落日前》里曾第一次看到莎士比亚书店的样子，电影专门把两个分别多年的恋人安排在书店里见面，看两位恋人激动不已的样子，大概和那个细雨霏霏的五月天我见到它的真容时差不多吧，只不过，彼此的心情不同。

其实，书店很小，但到处堆满了书，从楼梯口到天花板。和我们这里的书店不一样，和台湾有名的诚品书店也不一样，我们的书店过于讲究，装潢修饰得如同光鲜的贵妇，或小资味道洋溢，让书和店一起都扮演装饰的角色。莎士比亚书店却呈现书的本色，纷乱拥挤的书，如同家的柴门前随意堆放的烧火用的木柈，也如同褪去华丽服装和妖冶笑靥的村妇，给你备好的是家常饭菜和浊酒老茶，有一种放翁诗中“浅倾家酿酒，细读手抄书”的亲切感觉。

那一天，店里客人不多，几个年轻人拿着书坐在书店外面的椅子上读书，和着书香，享受着五月巴黎的和风细雨。遗憾的是没有看见老乔治，只看到有一位年轻的女人安静地坐在一张书桌前。现在想来，一定是里克在文章里写到的，是老乔治的女儿希尔维亚·惠特曼了。老乔治是 68 岁才得此宝贝女儿的，爷儿俩前仆后继经营着这家书店已经六十余年了。想想居然可以把一家书店原封不动地经营了六十多年，真的是个奇迹。

想起 3 年前曾经和莎士比亚书店不期而遇的邂逅，也想起我们的书店。

我们个体经营的书店不少已经关门，就不要奢望能够有半个多世纪历史的老书店了，让你感受岁月沉甸甸的沧桑，让你的怀旧心情有一个落脚的去处。如今的我们什么都是要讲究效益的，已经绝对不干老乔治这样赔本赚吆喝的买卖了。想当年，老乔治用500美元就盘下了这个寸土寸金的地方改造成了书店，如今更如天方夜谭一样令人瞋目了。如今，会有不少精明人劝说老乔治父女赶紧改换门庭，将书店摇身一变为酒吧、歌厅或餐馆。

但是，如今我们不是在讲文化的建设和发展吗？一座现代化的都市，如果仅仅有酒吧、歌厅、餐馆或摩天大楼，没有一个类似莎士比亚书店这样的老书店，如一株老梅树顽强地摇曳着嶙峋老枝的话，这座都市只能是一个文化单薄的暴发户。

2012年1月于北京

马勒是我们一生的朋友

去年是马勒（Gustav Mahler，1860—1911）逝世百年，国家大剧院特意组织的马勒第一到第十交响曲的演出季，从7月到11月，历时5个月，规模浩大。我听了其中第一、第四、第七和第十交响曲，连同在费城听过的第五，整整听了马勒交响曲的一半，心里很是宽慰和感动。

“我们从哪儿来？我们准备到哪儿去？难道真的像叔本华说的那样，我们在出世前注定要过这种生活？难道死亡才能最终揭示人生的意义？”

可以说，马勒一生都在不停地追问着自己这样的话。他到死也没弄明白这个对于他来说一直乌云笼罩的人生意义的难题。他便将所有的苦恼和困惑、迷茫和怀疑，甚至对这个世界的无可奈何的悲叹和绝望，都倾注在他的音乐之中。

从马勒的音乐中，无论从格局的庞大、气势的宏伟上，还是从配器的华丽、旋律的绚烂上，都可以明显感觉出来自他同时代的瓦格纳和布鲁克纳过于蓬勃的气息和过于丰富的表情，以及来自他的前辈李斯特和贝多芬遗传的明显胎记。只要听过马勒的交响乐，会很容易找到他们的影子。比如，马勒的第三交响曲，我们能听到布鲁克纳的脚步声；从马勒的第八（千人）交响曲，我们更容易轻而易举地听到贝多芬的声音。

在我看来，这个世界的古典音乐有这样的三支。一支来源于贝多芬、瓦格纳，还可以上溯到亨德尔；一支则来源于巴赫、莫扎特，一直延续到门德尔松、肖邦乃至德沃夏克。我将前者说成是激情型的，后者是感情型的。而另一支则是属于内省型的，是以勃拉姆斯为代表的。其他的音乐家大概都是从这三支中衍化或派生出去的。显然，马勒是和第一支同宗同祖的。但是，马勒和他们毕竟不完全一样。不一样的根本一点，就在于马勒骨子里的悲观。因此，他可以有外表上和贝多芬相似的激情澎湃，却难以有贝多芬的乐观和对世界的充满信心的向往；他也可以有外表上和瓦格纳相似的气势宏伟，却难有瓦格纳钢铁般的意志和对现实社会顽强的反抗。

这种渗透于骨子里的悲观，来源于对世界的隔膜、不认同和充满焦虑以及茫然的责问与质疑。马勒自己曾经说过："我是一个三地无家可归的人……一个生活在奥地利的波希米亚人，一个生活在德国人中间的奥地利人，一个在全世界游荡的犹太人。无论走到哪里都是一个闯入者，永远不受欢迎。"

马勒逝世之后，他的学生，指挥家布鲁诺·瓦尔特，在20世纪30年代开始进行马勒交响曲的挖掘和重新阐释演绎，马勒在欧洲的影响与日俱增，如今成为全世界的热门音乐家，其交响曲的地位堪比贝多芬。越来越多的人，感受到马勒不仅属于彼时的音乐家，也属于此时的音乐家。他对人生深邃的追寻，乃至对世界充满悲剧意识的叩问，和今天的人们心里的困惑越来越接近。聆听并理解马勒的交响曲，便成了认识和走近马勒的必由之路。

我赞同这次参加我国马勒百年纪念演出的瑞士苏黎世市政厅管弦乐团指挥大卫·津曼的观点："对于马勒，先是他的声乐套曲，然后才是他的交响乐。"他录制过两套马勒的交响曲全集，对马勒有过专门的研究。这是知音之见。和他见解相同的还有我国著名小提琴曲《梁祝》的作曲家陈钢，他说："歌曲是马勒交响曲的种子和草稿。"

这确实是走近马勒音乐的一条路径，也是打开马勒内心的一扇门。

马勒的十部交响曲，可以分为这样三部分，分别和他的声乐套曲彼此联系，互为镜像——

第一部分，第一交响曲到第四交响曲。应该和马勒的声乐套曲《少年魔角》与《流浪者之歌》一起来听。特别是“第一”，是马勒交响曲的序幕，马勒说自己的“第一”是“青年时期的习作”。比起以后特别是第五交响曲后，他的交响曲的庞大的构制，复杂的心绪，及浓郁的悲剧意识，“第一”的单纯、明快，乃至第三乐章的葬礼进行曲，幽哀的死亡，也被他们演奏得如怨如慕，带有了伤感的童话色彩。

勋伯格说得对：“将要形成的马勒特性的任何东西，都已经显示在《第一交响曲》中了。这里，他的人生之歌已经奏鸣，以后不过是将它加以扩展和呈现到极致而已。”我理解勋伯格在这里说的马勒的特性，既指他的交响曲创作，也指他的人生命运的端倪。

这支乐曲，和几年前马勒25岁时创作的声乐套曲《流浪者之歌》，同样映澈青春的心情和心境。其叙事性和歌唱性特征极为明显，这也是马勒交响曲与众不同，特别是和浪漫派鼎盛时期的古典交响乐不同的特点之一。其中歌唱性不仅表现在以后越来越多的独唱和大合唱，同时表现在他的旋律之中。

那种感世伤怀的叙事性，和旋律一起自如挥洒。第一乐章的大提琴，第二乐章的圆舞曲，第三乐章的小号和单簧管，特别是末乐章大钹敲响之后，铜管乐、木管乐、弦乐、打击乐，还有竖琴，交相辉映，此起彼伏，山呼海啸，错综复杂，音色辉煌，交响效果很好，显示了令人羡慕的青春活力。尤其是一段小提琴抒情连绵的演奏后，然后大提琴和整个弦乐的加入，几次往返反复和管乐的呼应，层次很丰富，舞台上如同扯起了袅袅飘舞的绸布，真的是风生水起，摇曳生姿。最后的高潮，八支法国号站起来，可以说是青春期马勒的一种象征。

第二部分，第五到第七交响曲。与之相对位的声乐套曲是《亡儿之歌》。从声乐套曲就可以感受到其悲剧意味已经显现。第六交响曲的别名就叫作“悲剧交响曲”。

特别值得一听的是第五交响曲。这部作品明显有贝多芬《命运交响曲》的影子。开头的独奏小号，和贝多芬“命运”开头的那种“命运动机”一样先声夺人。震弦乐随之而上，景色为之一变，小号后来的加入，一下子回环萦绕起来，阅尽春秋一般，演绎着属于马勒的对于生死的悲痛与苍凉。和马勒的前几部交响曲的意味大不相同。

有了这第一乐章的对比，第四乐章的到来，才显得风来雨从，气象万千。对比悲怆之后的甜美与温暖，才有了适得其所的价值，如同鸟儿有了落栖的枝头，这枝头让马勒谱写得花繁叶茂，芬芳迷人，而这鸟儿仿佛飞越过了暴风雨的天空，终于有了喘息和抬头望一眼并没有完全坍塌的世界的瞬间。有竖琴，有法国圆号，有小提琴中提琴和大提琴的此起彼伏，交相辉映，层次那样地丰富，交响的效果那样浑然天成，熨帖得犹如天鹅绒一般轻柔的微风抚摸你的心头。

第三部分，第八到第十交响曲，包括《大地之歌》。其中第八因有两个混声合唱队和一个童声合唱队，还有 8 名独唱歌手，阵势空前，号称“千人交响曲”。与马勒的声乐歌曲的关系更为密切，使得声乐与器乐的结合，是贝多芬时代望尘莫及的，是马勒交响乐的辉煌巅峰。第九和第十的浓重的悲剧意识，弥漫在马勒的心灵与音乐世界的整个空间，更是达到了一个前所未有的高度。

应该特别指出马勒交响曲的慢板中的弦乐，真的很少有人像马勒一样把它们处理得这样柔美抒情得丝丝入扣，又这样丰富得水阔天清，即使在浓重悲观情绪的笼罩下，马勒也要让它们出场抚慰一下苍凉的浮生万世，给我们一些安慰和希望。在谈论马勒的交响曲时，如今更多愿意说他思想的复杂性与悲观性，作曲方面对古典传统技法的发展变化，以及对未来世界的预言性，却忽略了马勒对传统的继承。在这一点上，马勒对慢板的处理，最显其独到之处。其实，他的老师布鲁克纳对慢板的处理，也是如此，那些动人的旋律，马勒得其精髓，可以看出彼此的传承。

我特别喜欢第五交响曲中有一段最动人的慢板，这与他的《吕克特诗歌谱曲五首》中的《我在世上已不存在》的关系密切。在这首歌中唱道："我仅仅生活在我的天堂里，生活在我的爱情和歌声里。"我们便可以触摸到马勒的心绪，即使在死亡垂临的威迫之下，他依然乐观的原因，他相信爱情和音乐。这也是马勒音乐的另一重具有现实意义的价值。

对于欣赏和了解 19 世纪末 20 世纪初后浪漫派音乐尾声，作为衔接新的时代面临变革的古典音乐代表的庞然大物交响曲，马勒的交响曲的历史与现实意义，无论对于乐者还是爱乐者，如今都显得越发醒目。

马勒的继承人勋伯格曾经预言："马勒所创作的作品属于未来。"这个预言在今天得到了应验。我以为，马勒音乐属于未来的价值在于两方面：一是他的音乐的内容振聋发聩的精神重量；一是他的音乐新的语汇别出机杼的形式质量。在内容方面，马勒音乐对于当时流行的约翰·施特劳斯的注重享乐的唯美圆舞曲的批判性，马勒音乐对于生与死的悲悯情怀，对于底层人残酷命运推向生与死的边缘上进行追索和探究以及体验和表现，呈现出了今天新时代悲剧矛盾的投影，确实具有不可思议的预言的前瞻性，成了今天人们对待现存世界心灵的一种精神资源和抗衡力量。

形式方面，曾经为马勒写过传记的英国音乐家德里克·库克（他也是马勒未完成的第十交响曲总谱的整理者），有过详尽的分析："马勒对于瓦格纳的《特里斯坦》中调性和声的边缘崩溃，进一步朝勋伯格早期无调性音乐方向推进。更进一步来说，他的‘固定变奏方法’展望着序列主义音乐；发生在第九交响曲中的Rondo-Burleske 乐章中线性对位预示了亨德米特；音乐中尖锐、迅速的转调预示了普罗科菲耶夫。马勒是那个时代转折点上的人物：他加快了浪漫主义心理紧张的速度直到它探索进入‘我们的新音乐’（科普兰语）的激烈形式。”

后浪漫主义时期的音乐，保守派是勃拉姆斯为代表的话，那么，激进派肯定是以布鲁克纳和马勒为代表。布鲁克纳以自己的谦恭引领桀骜不驯的马勒出场。作为后浪漫主义时期音乐的最后一人，马勒结束了一个时代，为现代音乐的新人物勋伯格的新时代的到来铺垫好了出场的红地毯。就像 18 世纪末 19 世纪初的贝多芬是通往浪漫主义的桥梁一样，马勒是通往 20 世纪音乐的桥梁。喜欢音乐的人，虽然热闹的马勒百年纪念过去了，但是，马勒的音乐不是即时性的，非常值得常听，他是我们一生的朋友。

2012 年 2 月写毕于北京

“茶花女柳”依依

谨以此文纪念伟大的音乐家威尔第诞辰200周年。

——题　记

如果不是大家一劝再劝，威尔第是不会离开圣阿加塔，到米兰来的。他自己清楚地知道，他的病已经不轻了。自从3年前妻子朱塞平娜去世，他的身体每况愈下，听力越来越坏，腿也不听使唤了，以致连床都爬不起来了。“老了，老了！”他常常在心里感叹道。

这是1900年的冬天，威尔第87岁了。

饭吃得越来越少，觉睡得也越来越少。一觉醒来，夜色沉沉，窗外再也看不到圣阿加塔乡间那明亮的星空。四周是一片墨汁一般浓重的夜色，什么也看不见，只有过去的往事不时会浮出夜色，格外清晰地跳出来，像是五线谱上的音符排着队，向威尔第涌来。

他太想念圣阿加塔了。

圣阿加塔在他的家乡布塞托的乡村，他一辈子喜欢乡村，难怪他的妻子朱塞平娜一直都颇有怨声地管他叫“乡下佬”。他听了倒不反感，不是听得次数多了，麻木了，习以为常了，而是他从心里并不反感这样的称呼，他以为这是一个很有意思的昵称，因为他一直都把自己叫作“农民”，在填各种表格写职业栏的时候，索性写上“庄稼人”，而从来不会写上什么“音乐家”，或“享受政府津贴的专家”之类的。

威尔第一生的大部分时间，就是在圣阿加塔度过的。那里有米兰乃至整个欧洲大都市里都没有的开阔田野、谷地、葡萄园、玉米地，以及乡间的小路和路旁参天的白杨树……还有他在花园里亲自种植的郁金香、杜鹃和蔷薇，他养殖的漂亮的野鸡和孔雀，和它们繁殖出的一窝窝小崽。还有他养的那条叫作“卢卢”的狗，他培育的叫作“威尔第”的新品种良马……

他似乎都听见它们那熟悉的叫声了。

当然，他最想念的是花园里他亲手栽下的那些树。1848 年他买下了圣阿加塔，第二年便和妻子朱塞平娜告别巴黎来到此地。那一年，他 38 岁，正在创作的鼎盛期，《纳布科》《欧那尼》等十几部歌剧，连珠炮一样在欧洲轰响，让他声名大震，让他财源滚滚，让他彻底告别了他自己说的那种“服苦役的”艰苦时日。从那一年以后，他所有的歌剧都是在圣阿加塔写下的，乡间给了他在城市里绝对没有的灵感。每写完一部新的歌剧的时候，庆祝的方式都有些特别，他不喜欢觥筹交错的宴会，更反感官方或出版商搞的附庸风雅的充满陈词滥调的那一套。歌剧首演之后，他都要一个人回到圣阿加塔，拉上妻子一起，悄悄地在花园里栽种下一株新的树苗，每一株树苗的品种，随他新创作的歌剧的名字不同，也都不一样：《弄臣》是悬铃木，《茶花女》是柳树，《游吟诗人》是橡树，《西西里晚祷》是丁香树，《唐卡洛斯》是朴树，《阿依达》是苹果树，《奥赛罗》是梧桐树……威尔第一生共创作了 26 部歌剧，在他买下圣阿加塔之后所写的歌剧，每一部都有这样一株与之匹配的树，琴瑟相谐，剑鞘相合，葡萄美酒夜光杯。

晚年，威尔第最喜欢到花园里散步，那些他栽种下的树木，都已经长得高大，树冠如伞，枝叶茂密，有风的时候，树叶沙沙地响；有阳光的时候，枝叶筛下一片阴凉。回到家乡后，他写下了多少部歌剧，这里就有多少株不同的树木，像是列队等候他检阅的士兵，这让他一目了然，格外开心。

越是睡不着，这些树越是浮现在眼前的一片黑暗中，就像他的老朋友一样，不用敲门，自可以破门而入，用树叶拂动的飒飒声，和他说着谁也听不懂唯有他能够听得懂的话，一棵紧接一棵的树排着队似的向他走过来，粗壮的树干带动枝叶舞动着，像带着一大家子人一起手舞足蹈。他仿佛看到了他亲手种下幼苗时它们的那样子，看到它们一点点长大，长得枝叶参天，长得和自己一样一点点无可奈何地变老。

当这些树走马灯似的再一次从他的眼前晃过的时候，他一把拉住了那株柳树。

他想起了妻子朱塞平娜。

那一年，他整整50岁，写完了他钟爱的《茶花女》，他问妻子："亲爱的，我们种一株什么树好呢？"

妻子想了想，说："就种一株柳树吧。"

连想都没有想，比如为什么不种一株茶花树呢？不是和《茶花女》更吻合吗？他便叫来了花园里的老花匠巴西利奥·皮佐拉，吩咐他去买来了一株柳树，然后和妻子一起把柳树种了下来。柳树很好活，而且，这株柳树也没有什么特别的。但是，非常奇怪，在花园所有的树里，妻子特别喜欢这株柳树，她管这株柳树亲热地叫作"茶花女柳"，就像威尔第每次见到他的狗向他跑来都要叫着"卢卢"一样，每次陪威尔第到花园里散步的时候，老远看见了那株柳树，她都要叫道："看，茶花女柳！我们先去看看它吧。"

每年复活节到来的时候，她都要特别到那株柳树前，看看它的嫩叶长出来没有，她总会为第一眼看到了嫩叶像小鸟啄破蛋壳探出头来而高兴得大呼小喊。威尔第愿意跟着她，俯身看着这样大自然的奇迹，他总会琢磨这嫩叶是怎么长出来的呢？会是和自己的音乐里的音符一样，神助一般在某个瞬间，一下子就从心中奔涌而出，或者是从夜色中哪一朵花瓣上的露珠，情不自禁地滴落下来了吗？让他忍也忍不住立刻把音符写在纸上一样，绽开在枝头上吗？看着妻子抚摸着它那随风摇曳的细嫩的枝条，让那鹅黄色弯眉一般的嫩叶轻轻地摩挲着她的脸庞，他总忍不住想起这个对于它有些神奇的问题。在威尔第的眼里，那柔韧轻扬的枝条，如同妻子那一头飘逸的金发，一起在阳光下迷人地闪亮。

柳树比一般的树长得快，快四十年过去了，那株“茶花女柳”，和自己一样的老了，老得枝条再不如以前那样的婀娜了，树干粗壮得如同水桶一般，还布满了老年斑一样的疤痕。现在，冬天到了，它的枝条更是枯萎得和自己一样瘦骨嶙峋，在寒风中发出颤抖的叹息。妻子走了，自己也就要永远地离开它，圣阿加塔的花园里，以后只剩下孤零零的它，真可怜啊。

想起那株“茶花女柳”，就想起了妻子。朱塞平娜是他的第二任妻子，自从他的第一任妻子去世之后，他的儿子又不幸亡故，一直都是朱塞平娜陪伴着他，这一辈子不容易。同时，威尔第忍不住也想起了花园里的那个老花匠巴西利奥·皮佐拉。真怪自己当年没有听了皮佐拉的话啊。他的心里隐隐地觉得有些对不起皮佐拉。

威尔第是个怪人，他的音乐是那样豁达、细致、温情，但生活中却是那样的刻板，甚至粗暴得像头黑熊。而且，他还格外看重金钱，特别吝啬，对待那些登门找他来要新歌剧的剧院老板们，他索要高价，一手交钱，一手交货，只要现金，必须当场一次付清，毫不客气，绝不通融。对待他手下为他干活的农民，他也是一样锱铢必较，绝不会多给一文钱。他还常常会为一点儿鸡毛蒜皮的小事而火冒三丈，没头没脸地训斥、大骂那些农民。

那一天，他就是这样把皮佐拉劈头盖脸地骂了一通。

其实，只是为了那株“茶花女柳”。那株柳树也真是奇怪，妻子死后，它也渐渐地枯萎了，仿佛它真的有了灵性，和妻子有着某种感应或心的相通。妻子死后的第二年的春天，复活节过去好多天了，圣阿加塔的田野里的麦苗已经返青，葡萄园里葡萄藤也已经冒出了嫩芽，花园里所有的树都回黄转绿，唯独那株“茶花女柳”还是枯枯的，没有一片绿叶，像是一个完全脱发的老女人，赤裸着干枯的身子站在那里，骷髅一般，让人触目惊心。

夏天到来的时候，皮佐拉找到威尔第，告诉他那株柳树已经死了，是不是要把它砍掉？威尔第一听，立刻火冒三丈，冲皮佐拉大骂道：“谁告诉你说，‘茶花女柳’死了？我看要死的是你这个畜生！”

这样粗鲁的谩骂，皮佐拉忍受不了，一气之下，提出辞职。威尔第更为大怒：“滚你妈的蛋吧，我不缺少花匠，不缺少你这样的蠢货！”结果，气急败坏的威尔第，无理地扣下3000里拉的工钱，生生就是不给人家。

现在，在黑夜的一片混沌之中，他想起了那株“茶花女柳”，想起了老花匠皮佐拉。

第二天天蒙蒙亮了，冬天的米兰，晨雾浓重地遮挡住了窗户，屋子里光线有些晦暗。

他把玛丽亚叫进来。玛丽亚是33年前他和妻子收养的一个小姑娘，妻子死后，一直都是她在照料着威尔第，他们情同父女。

玛丽亚问："有什么事情吗？"她知道威尔第这几天以来，一直心事不宁，常常在说要写遗嘱的事情。她眼瞅着威尔第在急遽地消瘦和衰老，当年健壮的躯体，如同一株大树无可奈何地枯萎，被掏空的树干，在风中发出凄凉而哀婉的空旷回声。

果然，威尔第让她立刻请人来帮助写遗嘱。她看见了，威尔第的眼睛如风中的残烛，闪动着最后微弱的一线光了。她的心里一酸，赶紧要退下找人去。

就在她刚刚转身走到门口的时候，她听到威尔第叫她的声音，虽然那声音很微弱，她还是听见了："玛丽亚……"

她转回身，又走到床边，低下头问道："还有什么吩咐的吗？"

威尔第从被子里伸出一只手，睡袍宽松的袖口垂了下来，露出他枯枝一样的手臂。他颤颤巍巍地指了指窗户，说："请帮我把窗户打开。"

"外面很冷呀！"玛丽亚很吃惊。她不知道威尔第为什么要这样做，为什么忽然冒出这样的念头，这样的念头也实在太古怪了吧？

但是，威尔第还是坚持伸着自己枯瘦的手臂，指着窗户。

玛丽亚没有办法，只好走到窗户前，把窗子打开了一点儿缝。

威尔第摇摇头，使劲儿地挥动着手臂。玛丽亚明白，他是要自己把窗子开得再大一点儿。没有办法，她太了解这个固执的老头了，只好把窗子开大。寒风立刻水一样汹涌地灌进屋子里。她望着威尔第，不知该如何是好。威尔第却向她挥挥手臂，让她赶快走，请人去吧。玛丽亚只好离开了房间，心里有一种不祥的预兆。

浓雾很快地灌满了整个房间。威尔第大口大口地吸着湿润而凛冽的雾气。恍惚中，这样的情景很像圣阿加塔谷地上春天里飘逸着的浓雾，葡萄园里的葡萄藤，花园里的那些树木和花草，在雾气中都是那样光滑而湿漉漉的了，他几乎闻到了散发在整个圣阿加塔那种清新的香味了。那一瞬间，他恍然置身在圣阿加塔了，载着他的双轮马车，就奔跑在圣阿加塔他熟悉的泥泞得发黑的土路上了……

当玛丽亚带着人走进屋里，威尔第已经昏迷在床上。他们慌忙地把他叫醒，又赶紧把医生叫来。

威尔第睁开了眼睛，似乎刚才的一切都没有发生，他突然精神了起来，仿佛刚才他睡了一大觉，疲惫的身体有些恢复。他对着那个帮他写遗嘱的人，一条条列着他遗嘱的条目，先从慈善机构开始，音乐家的养老院、医院、佝偻病人和聋哑人的福利机构，再说到家属、朋友和一直伺候他的玛丽亚，以及其他的仆人们……他的头脑清醒而清晰，慈善而怜爱，有条不紊，深思熟虑，无一遗漏，和以往的暴躁与吝啬，固执和古怪，是那样的判若两人。玛丽亚和那个没停笔一直记录遗嘱的人，都大为惊讶。

最后，他把玛丽亚叫到身边，问道："巴西利奥·皮佐拉，你还记得他吧？"

玛丽亚点点头，忙说："记得，是那个老花匠。"

威尔第也点点头说："是那个老花匠。"然后，他特地嘱咐，"在我死后，立即付给那个老花匠巴西利奥·皮佐拉3000里拉。他在圣阿加塔我的花园里干了好多年活。请一定要把这一条写在我的遗嘱上，由玛丽亚负责执行。我很愧疚，这是我欠他的工钱。而且，我还对他发了脾气，其实，他是对的，就请转告他，请他把那株柳树砍掉吧。"

冬天还没有过去，才刚刚是转过年的1月27日，88岁的威尔第与世长辞。

送葬的那一天，米兰街头有20万群众为之送葬，意大利按照民族英雄的仪式，为他举行了隆重的葬礼。老花匠巴西利奥·皮佐拉来到了米兰，加入长长的送葬队伍中。但他没有听从威尔第的遗嘱，把那株老柳树砍掉。在圣阿加塔威尔第的花园里，那株“茶花女柳”还在。

2013 年 5 月 12 日改毕于北京